마음의 낙차를 거스르며

일러두기

· 글마다 함께 읽으면 좋을 참고도서를 부제로 표기했습니다.
· 도서의 제호는 『 』로, 도서에 수록된 개별 작품명은 「 」로, 드라마나 영화의
  제목은 〈 〉로 표기했습니다.
· 인용문은 원문을 살려 " "로 회색 표기했습니다.

당신을 읽느라
하루를 다 썼습니다

공백 지음

상상출판

작가의 말 | **넘어지는 사람이 손을 뻗을 때**

열한 살 무렵, 나는 언니와 함께 동네 수영장에 다녔다. 킥판을 쥐고 어설프게 물장구나 치던 어느 날이었다. 수업을 마친 나는 얼른 집으로 돌아가고 싶은 마음에 샤워실을 향해 전속력으로 내달렸다. 하지만 모두가 알다시피 수영장 바닥은 늘 물이 흥건하고 미끄러운 법. 나는 물웅덩이를 밟고 찍미끄러져 수영장 바닥에 슬라이딩했다. 내 몸은 타일로 된 수영장 벽을 들이받고서야 멈춰 섰고, 온몸의 충격을 애꿎은 무릎이 받아냈다. 그 자리에서 인대가 뚝 끊어진 나는 찢어진 살갗을 부여잡고 비명을 질렀다. 이 사고로 꽤 오랫동안 병원 신세를 졌고, 퇴원 후로도 한동안 목발에 의존하며 재활 치료를 받았다.

오래전의 일이라 지금은 일상생활에 전혀 지장이 없지만, 내 무릎에는 큰 상처가 남아있다. 상처 부위의 피부는 쪼글쪼글하고, 거무죽죽하고, 얇고, 반질반질하며 특히 외부 자극에 아주 취약하다. 보통 사람이 넘어졌을 땐 딱지 한번 앉고 말 상황도 내게는 큰 치명타가 될 수 있기에, 나는 넘어지는 것을 극도로 조심하며 살았다. 얼마나 조심했는지 수술한 지 20여 년이 지나도록 무릎부터 넘어진 적이 단 한 번도 없을 정도도. 발을 헛디뎌도 온몸을 휘저으며 가까스로 균형을 잡거나 손이나 엉덩이부터 넘어진 덕에 아직 내 무릎은 안녕한 셈이다.

그러나, 몸이 넘어지지 않게 노심초사하는 동안 정작 넘어진 것은 마음이었다. 세상의 많은 일이 크고 날카로운 돌부리가 되어 나의 발걸음을 잡아챘다. 불확실한 미래들, 도무지 이해되지 않는 일들, 마음을 서늘하게 하는 말들, 해결되지 않는 모순들이 자꾸만 마음을 넘어뜨렸다.

고꾸라지는 사람들이 저도 모르게 허공으로 손을 뻗듯, 나도 손을 뻗었다. 그때 내가 잡은 것은 책이었다. 책은 어느 때고 나를 일으켜 세웠고, 먼지 묻은 엉덩이를 털어 주었으며, 두려워도 한 발 더 나갈 수 있도록 등을 떠밀어 주었다. 그 넘어짐과 일어남의 순간에 관하여 썼다.

이 책은 총 다섯 개의 장으로 구성되어 있다. 1부에서는 불안함과 불편함을 피해 뒷걸음치던 시절의 이야기, 그리고 끝내 읽고 쓰는 삶에 정착한 나의 이야기를 담고 있다. 2부에서는 책과 더불어 얻은 일상의 깨달음을 전한다. 3부에서는 인간과 비인간 동물의 이야기를, 4부에서는 삶 곳곳에서 튀어나온 혐오와 편견을 이야기한다. 5부에서는 타인과 연대에 대한 글을 모았다.

책과 삶을 가로지르는 동안 거듭 그어진 진한 밑줄들을 이 책을 통해 전한다. 여러분과 내가 이 선의 어느 지점에서, 서로의 얼굴을 마주 볼 수 있다면 좋겠다.

2022년 10월 **공 백**

7

목차

1부

뒷걸음질 친 곳에

절대는 맞고 해석은 틀리다

모든 게 녹록지 않은 시기였다. 지푸라기라도 잡는 심정으로 사주나 점을 보러 다녔다. 그날은 친구와 함께 한 역술가를 만나러 갔다.

"생일은 89년 ○○월 ○○일이고요, 태어난 시간은 오전 11시쯤이라는데······."

"89년 ○○월 ○○일. 사시에 태어났네."

역술가가 나의 생년월일을 나지막이 읊조리며 노트에 옮겨 적었다. 글씨를 쓰는 그의 손을 눈으로 쫓는 동안 숨 막히는 정적이 흘렀고, 나는 괜스레 손가락 발가락을 꼼질거렸다. 어째서 역술가들은 꼭 붓펜을 쓰는 걸까. 공연한 물음이 생기던 찰나에 불쑥 그가 입을 열었다.

"사람이 많은 데 서야 해. 목소리를 크게 내야 한다고. 그 소리로 먹고사는 일을 해야 잘 맞아요."

함께 있던 친구가 나의 옆구리를 찌르며 '올~' 하는 제스처를 보냈다. 나로서도 썩 마음에 드는 점괘였다. 이 집이 용한 집인가, 아닌가를 실눈으로 가늠하려던 마음이 금세 녹아버렸다. 제대로 찾아왔다는 생각에 신이 난 나는 묻지도 않는 이야기를 구구절절 덧붙였다.

"사실은 제가 노래를 하는데요. 요즘 일이 잘 안 풀리기도 하고, 이 길이 맞나 안 맞나 이래저래 고민돼서 왔거든요."

어쩌고저쩌고 미주알고주알 말했더랬다. 나의 말을 들

던 역술가는 직업을 아주 잘 골랐노라 했다.

"사주랑 딱 맞는 길을 골랐어! 열심히 하면 꼭 대성할 거야."

그는 "잘했네!", "그렇지!" 같은 추임새를 아낌없이 내뱉으며 흥을 돋웠다. 노련한 맞장구 앞에서 나는 한 마리의 춤추는 고래가 되었다. 20분간의 대화를 마치고 나올 때는 복채 4만 원이 아깝지 않았는데, 그것이 점괘를 들어서인지 응원을 들어서인지는 알 수 없었다.

"사람들 앞에서 목소리로 먹고사는 게 적성이래. 진짜 딱이지 않냐? 선생님이 용하네."

친구와 점괘를 곱씹으며 돌아오는 길 내내 안도감이 몰려왔다. 그런 비과학적인 말을 믿다니. 바보 같고 미련하다며 욕먹을지언정, 그때 나는 그 말을 눈 딱 감고 믿고 싶었다. 나에게 딱 맞는 길을 골라 잘 가고 있다는 점괘에 안심했고 위로받고 싶었다.

당시 나는 실용음악과에서 보컬을 전공하며, 학원에서 아이들을 가르쳐 번 돈으로 생활비와 밴드 활동에 필요한 돈을 겨우 충당하며 지냈다. '사람들 앞에서 목소리를 크게 내는 것'이 일이자 일과였던 나날이었다. 하지만 무던히 노력해 보아도 마음고생은 나날이 심해져만 갔다. 솔직히 고백하자면, 나에게는 재능이 없었다. 더도 말고 덜도 말고 중간이라도 가보자 다짐하며 대학에 진학했건만, 나의 실력은 하위권을 벗어나기도 힘든 수준이었다. 좌절이 계속되니 노력하고 싶은 의지도 들지 않았다. 날개 돋친 듯 활약하는 동기들과 선후배들을 볼 때면 내심 열등감에 속이 쓰렸다.

버티는 것도 재능이라 생각하며 꾸역꾸역 학교를 다녔다. 레슨, 밴드 활동, 학업. 숨 돌릴 틈 없는 하루에서 나는 자주 음악에 시달리고 있는 듯한 기분을 느꼈다. 늦은 밤 귀가할 때면 모든 소리가 끔찍하게 느껴졌다. 버릇처럼 꽂아둔 이어폰을 잡아 뜯듯이 빼며 생각하곤 했다.

'아, 아무 소리도 듣고 싶지 않다! 이 모든 게 너무 지긋지긋하다!'

열심히 할수록 명백히 지쳐갔다. 노래로 먹고살 수 없으리라는 불길한 예감, 노래가 나에게 맞지 않는 옷이 아닐까 싶은 때늦은 자각이 나를 벼랑 끝으로 몰아세웠다. 상황이 이러했으니 점술가의 말이 은근한 숨 쉴 틈이 되었던 것은 당연했다. 불안하기에 확신이 필요했다. 내가 틀리지 않았다는 위로도 필요했다. 그 두 가지가 필요했다는 것부터가 문제였을지도 모른다.

그로부터 10년이 지난 지금, 부쩍 그때의 점괘가 자주 생각난다. 사람이 많은 곳에 서서, 목소리를 크게 내

어 먹고살아야 한다는 예언은 정말이었을까? 그랬을지
도 모른다. 나는 지금 그 예언대로 살고 있으니까. 다만
마이크가 아니라 책을 통해 나의 목소리를 내고 있다. 북
크리에이터가 되어 읽은 책을 소개하고, 글을 쓰는 방식
으로 나를 드러내고 있다.

　까마득한 과거에도 이와 비슷한 일이 있었다. 고대 그
리스 리디아 왕국의 마지막 왕 크로이소스는 페르시아와
의 전쟁을 앞두고 델포이 신전을 찾아가 묻는다.
　"리디아가 페르시아와의 전쟁에서 승리하겠습니까?"
　그는 다음과 같은 신탁을 받는다.
　"페르시아와 싸우면 대국이 망할 것이다."
　크로이소스는 그 신탁을 통해 대국 페르시아를 쓰러뜨
릴 수 있으리라 확신하며 전쟁을 치렀다. 하지만 망한 것
은 페르시아가 아닌 리디아였다. 그 이유가 무엇인가 하
니, 리디아도 사실 페르시아 못지 않은 엄청난 대국이었
던 것이다. 신탁은 맞았지만 해석이 틀렸으므로 리디아
는 역사 속으로 사라졌다. 노래하던 나 역시 과거 속으로
사라졌다. 같은 점괘를 품고 다른 해석을 시작한 지금의
나는 자신을 축복하며 이렇게 말해본다.
　너는 많은 사람을 향해 목소리를 크게 낼 거야. 그 소리
로 먹고살 거야.

내 게시 같은 기억력

인간이라면 반드시 겪게 되는 순간이 있다. 바로, '포기의 순간'이다. 사람들은 저마다의 계기로 이런저런 것들을 포기하며 산다. 누군가는 경제적 불안정 때문에 결혼을, 누군가는 건강 문제로 출산을, 누군가는 가정 환경의 어려움으로 학업을, 누군가는 사내 정치와 과도한 업무에 지쳐 직장 생활을 포기한다. 인생이 크고 작은 포기들로 이루어져 있다고 말하면 너무 고약할까?

나의 기억 속 최초 포기의 순간은 초등학생 때였다. 당시 내가 포기한 것은 몇 가지 과목들이었다. 'I My ME Mine You Your You Yours'를 외우다 영어를 포기했고, a의 제곱 어쩌고 하는 공식을 외워야 할 무렵엔 수학을 포기했다. 역사 과목은 몇 년도에 무슨 일이 일어났는가를 도무지 외우지 못해 포기했고, 과학은 수학의 연장선이었으므로 포기했다. 이쯤 되면 포기하지 않은 과목이 있나 싶어 약간 아득해진다. 암기의 영향력이 적은 언어 과목에서는 나쁘지 않은 점수를 받았으니 그나마 천만다행이다. 아무튼 바야흐로 포기의 시절이었다.

돌이켜 보면 내가 겪은 좌절들은 모두 나쁜 기억력에서 기인한다. 나는 정말이지 유난히 기억력이 나빴고 여전히 나쁘다. 숫자와 관련된 암기력은 특히 최악이라 계좌번호와 전화번호 두어 개, 엄마와 나의 주민 등록 번호,

공인 인증서 비밀번호만 겨우 외우고 사는 수준이다. 숫자뿐만이 아니라 사람들의 얼굴도 잘 기억하지 못한다. 여러 번 본 사람인데도 미처 알아보지 못해 민망했던 경험이 부지기수다.

일찌감치 학업을 포기하게 만든 이 거지 같은 기억력은 성인이 된 후에도 지속적으로 나를 괴롭혔다. 특히 읽은 책의 내용을 금세 잊어버리는 것이 나로서는 가장 괴로웠다. 기억은 휘발되기 마련이라지만, 책을 읽는 데 꽤 많은 품이 드는 걸 생각하면 속이 쓰리지 않을 수 없다. 적지 않게 지불한 책값, 아낌없이 투자한 시간들, 이성과 감성을 총동원하며 쓴 에너지를 떠올려 보면 너무 억울하지 않은가! 갈증이 쌓여가던 차에 다음과 같은 사건을 계기로 답답함이 폭발하고 말았다.

친구 A와 서점에 갔을 때였다. A가 매대에 놓인 소설책 하나를 가리키며 말했다.

"이 책 진짜 오랜만이다. 대학교 때 엄청 읽었는데."

"나도. 스무 살 땐가? 벌써 읽은 지 10년이나 지났어."

"이거 마지막에 여자 주인공 죽을 때 속상했잖아."

"……."

그랬나? 그러고 보니 누가 죽었던 것도 같고? 도무지 기억이 나지 않았다. 10년이면 강산도 바뀌고 주인공의 생사도 잊히는구나……. 책을 읽고도 주요 등장인물의 죽음조차 기억하지 못한다는 사실은 나에게 크나큰 충격으로 다가왔다. 잠깐 덧붙여 보자면 앞서 언급한 그 책은 무려 무라카미 하루키의 『상실의 시대』였다. 무척 유명한 소설이었기에 충격의 크기가 더 상당했다. 나쁜 기억력 때문에 포기를 달고 살아왔지만 강력하게 저항해 보고 싶었다. 이대로 내가 읽은 책들의 내용을 모조리 잊어버리고 싶지 않았다.

그날부터 기억을 붙잡기 위한 다양한 시도가 시작되었다. 첫 번째 시도로 독서 기록장을 적어보기로 했다. 예쁜 노트와 펜을 구매한 뒤 호기롭게 기록을 시작했으나 노트의 3분의 1도 채우지 못하고 흐지부지되었다. 색색의 펜과 쓰다만 노트가 처치 곤란으로 남아버렸다. 두 번째 시도는 핸드폰 메모장에 독서 내용을 기록하는 것이었다. 열 편쯤 적었을까. 휴대폰을 바꾸면서 그간의 기록을 모두 날린 나는 전의를 상실한 채 두 번째 시도도 포기해 버렸다. 두 번째 시도로 깨달은 교훈은 '동기화를 틈틈이 해야 한다'였다. 세 번째 시도로 독서 블로그와 글쓰기 플랫폼 브런치의 계정도 개설해 보았지만, 심혈을 기울여 만든 닉네임과 메인 화면이 무색하게 게시물을 두세 번 올리다 그만두었다.

마지막 시도가 바로 유튜브였다. 영상 리뷰를 올리면

서 읽은 책도 기록하고, 그러다 대박 나면 도서 산업의 역군으로 거듭날 수 있지 않을까 하는 포부에 찼다. 무작정 유튜브 계정을 만들고 '공백의 책단장'이라는 그럴싸한 이름도 붙였다. 여행용으로 구비해 둔 삼각대에 핸드폰을 끼워 넣고 서툴게 촬영한 영상을 처음으로 업로드했을 때가 2018년 10월이었다.

결과적으로, 북튜브°를 운영해 보겠다는 시도는 성공적이었다. 새로운 업을 갖게 되었다는 점에서도 그랬지만, 본래의 목적인 기록적 측면에서도 그랬다. 그도 그럴 것이, 영상으로 책을 소개하는 일은 여러 단계를 거쳐야 하는 노동이기 때문이다. 주의 깊게 독서해야 하고, 요약과 감상을 정리해 스크립트를 작성해야 하며, 카메라 앞에서 몇 번이고 반복해서 촬영을 해야 하고, 같은 장면을 거듭 보며 편집해야 하며, 영상이 완성된 뒤에도 시청자의 반응을 파악해야 한다. 이렇게 여러 번 곱씹어야 하니 기억의 휘발이 자연스럽게 줄어들 수밖에 없었다.

그리하여 북튜버 공백은 한 번 읽은 책이라면 언제까지고 기억할 수 있게 되었다……고 말할 수 있으면 참 좋

○　북튜브: 책(Book)과 유튜브(Youtube)의 합성어로, 책과 관련된 콘텐츠를 유튜브에 업로드한다.

겠지만, 나는 여전히 나쁜 기억력에 발목이 잡힌다. 촬영 시 대사를 잊어 같은 장면을 반복해 찍는 불편을 겪기도 하고, 북토크에 가서 행사명과 기관명을 자꾸만 틀리게 말해 곤욕을 치르기도 한다. 하지만 나쁜 기억력 덕분에 유튜버가 되었다고 생각하면 손해도 없지 않나 싶다. 끊임없이 많은 걸 포기하게 만든 형편없는 기억력이 나를 새로운 일터로, 새로운 직업으로 등 떠밀어 준 것이다.

북튜버가 되고 난 후 "북튜브를 하게 된 계기가 무엇인가요?"라는 질문을 자주 받는다. 이제는 자랑스레 대답해 보려고 한다.

"사실 제가 북튜버가 된 건 전부 다 이 거지 같은 기억력 덕분입니다."

도피의 결말

"등록금을 그렇게 쏟아부었는데 거기서 애 하나 건져 왔네, 참나……."

옥이와 술을 마실 때 곧잘 하는 말이다. 우여곡절 끝에 대학을 졸업했을 때 나에게 유일하게 남은 것은 스펙도, 졸업장도 아닌 옥이었다. 다른 동창들과는 왕래가 전혀 없으므로, 그는 대학 시절 이야기를 나눌 수 있는 유일한 인물이기도 하다. 우리가 술자리에서 자주 주고받는 이야기 중 하나는 바로 나의 '도피'에 관련된 에피소드다.

대학생 때 나는 교내 행사에서 내뺄 궁리만 하는 학생이었다. 입학식, 오티, 엠티, 체육 대회, 축제까지. 신입생들에게 교내 행사란 싫어도 반드시 참여해야 하는 일종의 의무 같은 것이었지만, 나는 기를 쓰고 도망 다녔다. 연락이 두절된 채 사라진 나 대신 과대와 선배들의 질문 세례를 받아야 했던 것은 언제나 옥이었다. 그는 지금도 장군처럼 껄껄 웃으며 이렇게 말한다.

"내가 언니 때문에 학교에다가 뻥을 졸라 쳤잖아!"

옥이는 나의 행방을 변호하기 위한 다양한 변명을 지어내야 했다. 예컨대 "언니가 무진장 아프대요", "언니 집에 급한 일이 생겨서 갔어요", "저도 어디 갔는지 모르겠어요. 제 전화도 안 받아요" 같은 거짓말들 말이다. 나는 그 뻥들에 기대어 무사히 신입생들에게 주어지는(강요되는) 역할에서 도피할 수 있었다. 여러모로 옥이가 없었으면 나의 학교생활은 처참했을 것이 분명하다.

낯가림이 심한 나에게 대학 생활 최대 고난은 사람들과 어울리는 것이었다. 협업을 필요로 하는 수업들이라면 죄다 싫어했는데, 그중에서도 최악은 단연 앙상블 수업이었다. 학생 대여섯 명이 모여 팀을 이룬 뒤 한 곡의 음악을 함께 완성해 내는 것이 이 수업의 핵심인데, 졸업을 위한 필수 과목이라 피하려야 피할 수 없었다.

앙상블 수업이란, 달리 말하면 이런 것이다. 저마다의 이유로 눈코 뜰 새 없이 바쁜 대학생들이 모여 연습할 빈 시간을 만드는 일, 열악한 교내 시설 가운데 그나마 좋은 합주실을 예약하기 위해 발 빠르게 움직여야 하는 일, 더러는 이 치열한 경쟁에서 패배해 새벽 서너 시에 합주를 해야 하며, 다음 날 오전 수업이라도 있으면 낡다 못해 삭아버린 소파에 누워 쪽잠을 자야 하는 일. 이마저도 여의치 않아서 합주실 바닥에 아무렇게나 웅크린 채 잠든 고치 같은 형체들을 적지 않게 목격할 수 있었다. 콘트라베이스 가방이 침낭이라도 된 듯 기어들어 가서 취침하는 기가 막힌 광경이란!

앙상블을 비롯한 다수의 강의가 타인과의 협업을 요구했다. 여기도 조별 과제, 저기도 조별 과제……. 하여간 여기저기 팀플 천지였다. 기진맥진해진 나는 '최소 등교, 최대 효율'을 생존 전략으로 삼았다. 1교시부터 8교시까지 빽빽하게 수업을 채웠고, 등교 일수를 3일 이내로 줄이느라 갖은 애를 썼다. 이를 위해 얼토당토않은 수업을 얼마나 많이 들었는지 모른다. 갖은 노고 끝에 성공적으로 수강 신청을 해내면 일주일에 두 번만 등교할 수 있었다. 시간표에 웅장하게 솟은 두 개의 탑은, 지금 다시 생각해도 아주 아름다운 광경이 아닐 수 없다.

물론 수강 신청 경쟁에서 처참하게 패배한 적도 있었다. 공강이 듬성듬성 섞인 주5일 시간표는 개중 최악이었다. 비어있는 시간에 괜히 학생 식당이나 실용음악과 건물에 기웃거리다가는 낭패를 보기 십상이었다. 그곳에는 얼굴만 알뿐 친하지 않은 사람들이 가득했으니까. 그들과 형식적인 인사라도 나눠야 할 때면 어색함에 몸이 뻣뻣해지곤 했다. 그 불편한 정적과 애매한 미소라니! 나는 그 끔찍한 순간으로부터 도망치기 위해 노력했다. 사람들을 피해 내가 찾은 곳은 멀리 떨어진 카페나 공원처럼 인적이 뜸한 곳들이었는데, 그중에서도 가장 완벽한 피난처는 바로 도서관이었다.

도서관. 내향성 인간의 천국. 그때부터 지금까지도 도서관은 나에게 가장 멋진 도피처였다. 그곳에서는 아무

말도 하지 않을 수 있었다. 데면데면한 얼굴들과 억지로 이야기를 이어가지 않아도 되고, 내성적 기질을 거스르며 호쾌한 척, 살가운 척하는 대신 나에게만 온전히 집중할 수 있었다. 온종일 혼자 앉아있어도 전혀 이상하지 않은 곳. 내향인의 지상 낙원에서 나는 많은 시간을 보냈다.

도서관에 틀어박힘으로써 많은 일을 뒷전으로 미루어 두었다. 동기, 선후배, 교수와의 활발한 교류와 인맥 쌓기, 성적 관리, 노래 연습, 뮤지션의 꿈까지도. 하지만 무언가를 피해 도망친 그곳에서 나는 점점 나다워졌다. 온몸을 단단하게 얽매인 듯 답답했던 숨통이 트이는 편안함, 두꺼운 화장을 지우고 민낯이 된 듯한 개운함을 느꼈다. 도서관 특유의 온화하고 고요한 공기, 부유하는 먼지, 간간이 들리는 바코드 소리와 책 꽂는 소리. 온갖 책을 펼쳐보며 사랑하는 작가와 작품을 나날이 늘려가던 그 시기가 나를 서서히 변화시켰다.

10여 년간 전공한 음악을 제쳐두고 난데없이 '책'으로 진로를 틀었을 때, 주변 사람들의 우려가 쏟아졌다. 갑자기 책이라니, 그들로서는 걱정할 만도 했다. 지인들은 자주 이렇게 물었다.

"그럼 이제 뭐 할 거야?", "전공한 거 아깝지 않아?", "속상하지 않아?".

그들의 표정에서는 하나같이 조심스러움이 느껴졌다. 하지만 정작 나는 후련했다. 나에게는 오히려 그편이 자연스러운 수순처럼 여겨졌다. 도서관에 들어설 때 느낀 편안하고 개운한 기분을, 오랜 시간 걸려 돌고 돌아서야 되찾은 것 같았다.

대학생이던 나는 나를 사회생활 부적응자, 혹은 회피형 인간이라고 생각하곤 했다. 나에게 주어진 의무들을 미루고 도망가기 바쁜 비겁한 사람이라고 간주했다. 내가 다른 길로 접어들고 있다는 것, 내 삶의 축이 서서히 A(음악)에서 B(책)로 옮겨갈 수 있음을 받아들이거나 짐작하지 못한 채. 다행히도 결과는 '엎어져도 금가락지'였다.

문학 비평가 시릴 코널리는 이렇게 말했다.

"말은 살아 있고 문학은 도피가 된다. 그것은 삶으로부터의 도피가 아니라 삶 속으로 들어가는 도피이다."°

이 말을 아주 표면적으로 받아들여도 될까. 나는 어쩌면 삶 속으로 들어가는 도피를 했던 거라고 말이다. 회피형 인간이 결국 가닿은 곳이 책 앞이라는 사실에 기쁘다.

° 니나 상코비치. 『혼자 책 읽는 시간』 역자 김병화. 웅진지식하우스, 2012, p.35.

무거운 짐 진 자

"용띠 분들. 이번 주에는 짐을 최대한 가볍게 들고 다니시는 게 좋겠습니다. 용띠 분들이 짐을 많이 가지고 다니시거든요. 짐을 잘 버리지도 못하고요. 진토塵土의 기운이 있어서 그런 건데요, 그래도 이번 주는 최대한 단출하게, 필요한 것만 가지고 다니세요. 비어있는 곳으로 복이 들어오는 거거든요."

유튜브로 이달의 띠별 운세를 시청한 후 영상을 껐다. 테이블 한편에 올려둔 가방을 보니 한숨이 절로 나왔다. 나의 가방에는…… 그야말로 짐이 더럽게 많았다. 암요, 맞아요. 저는 진토 기운의 용띠가 확실합니다. 겸허히 고개를 끄덕일 수밖에 없었다. 비어있는 곳으로 복이 들어온다던 말이 마음에 걸렸다. 무거운 짐 진 자여, 복은 없을지어다.

나의 가방에는 다음과 같은 것들이 들어있다. 이런저런 화장품이 든 작은 파우치(수정 화장은 필수니까), 손 소독 티슈(코로나 시국이니만큼 소독도 중요하니까), 글을 쓰거나 업무 시 사용하는 갤럭시 탭과 블루투스 이어폰도 들어 있다. 마지막으로 책 한 권, 그리고 또 한 권, 그리고 또 한 권이 있고, 마지막으로 부피를 많이 차지하지 않는 작고 가벼운 시집도 한 권 있다.

가방에는 무려 네 권의 책이 들어있다. 합치면 1,500페이지는 거뜬히 넘을 책 뭉치를 이고 지고 카페에 온 것이다. 나는 도대체 왜 이러는 걸까. 고작 두어 시간쯤 머물다 갈 것을, 도대체 왜 이렇게 많은 책이 왜 필요했던 걸까. 나는 잠깐 절망적인 기분에 휩싸인 채 이 책들의 효용성에 대해서 생각(참회)해 보았다. 머지않아 마음 저 깊은 곳에서 궁색한 목소리가 들려왔다.

'이 책들은 참고 자료란 말이에여……. 없으면 안 된단 말이에여…….'

말하자면 이 다양한 책들은 지나친 의존의 결과물이었다.

나의 구글 드라이브에는 귀한 자료가 하나 있다. 바로 책 속에서 골라낸 명문장들을 차곡차곡 그러모아 정리한 폴더이다. 이 자료들은 오랜 시간 나의 식량이자 총알이 되었고, 나는 그 문장들에 기대어 삶의 굴곡을 무사히 통과할 수 있었다. 그뿐인가? 권위 있는 작가들의 목소리는 인생을 살아내는 데뿐만 아니라 글을 쓰는 데도 큰 도움을 주었다. 그들의 문장을 나의 글에 끌어다 쓸 때면 순풍을 만난 배처럼 선선히 앞으로 나아갈 수 있었다. 내가 인용문을 즐겨 쓰게 된 이유다.

하지만 의존의 시간이 너무 길었던 탓일까. 마침내 인용의 함정에 빠지고 말았다. 심상치 않은 위험 신호를 감지한 것은 청탁받은 글을 퇴고할 때였다. A4 용지 세 장 분량의 칼럼이었는데 그중 한 장이 인용문으로 채워져 있었다. 이게 나의 글이야, 남의 글이야? 주객이 철저히 전도된 상황이었다. 끝내주게 멋진 문장들을 골라 적재적소에 인용하고 있다고 생각했는데, 결과적으로는 타인의 문장과 생각을 송두리째 끌어다 쓰고 있었다. 정작 심도 있게 다루어져야 할 나의 사유는 인용문으로부터 단 한 발자국도 나아가지 못한 채 언저리만 맴돌고 있었다. 하지만 마감은 사정을 봐주지 않는다. 이토록 미진한 글일지라도 기어코 보내야 했고, 나는 부끄러운 마음에 그 날 밤 아주 오래도록 이불을 찼다. 죽기 전에 디지털 장례°라도 치러 그 글을 세상에서 없애버리겠다고 다짐하며 말이다.

그다음 날, 단 한 권의 책도 챙기지 않은 채 카페로 향했다. 나만의 글을 쓰고 말겠다는 단호한 결의였다. 읽는 사람이 아닌 쓰는 사람이라면 마땅히 감당해야 할 무거운 짐, 즉 자발적 사유와 고뇌를 다른 이들의 손에 살포시 떠넘기려 한 대가로 져야만 했던 무게에서 벗어나고

○　디지털 장례 서비스(Digital Afterlife Service): 고령화가 급속도로 진행된 일본과 미국을 중심으로 확산되고 있는 문화로, 고인의 인터넷 정보를 정리해 주는 서비스다. 데이터를 모두 삭제할지, 가족 및 지인에게 넘길지 생전에 결정할 수 있다. 최근에 사용자가 늘어나고 있다.

싶었다. 더는 무임승차하고 싶지 않았다.

그러나 아무것도 쓰지 못한 텅 빈 화면을 마주하는 순간엔 두려움이 몰려왔다. 나만의 글을 쓰겠다던 결연했던 다짐도 금세 자취를 감추었다. 내가 쓰는 게 틀린 말일까 봐, 생각 없는 사람이라고 비난받을까 봐, 하찮은 글을 쓴다고 욕먹을까 봐, 그런 이유들로 나는 무서웠다. 나에게서 발화될 모든 말과 생각에 자신이 없었다. 태산같은 두려움에 압도된 나는 얼른 책에게로 돌아가 그 목덜미에 매달리고 싶은 욕망에 휩싸였다. 매번 다른 이들의 문장에 손을 벌렸던 나는 그날도 아무것도 쓰지 못한 채 집으로 돌아왔다. "다른 사람들의 생각으로 머리를 가득 채우면 그들의 생각이 내 생각을 밀어낸다."[○○]는 에릭 와이너의 말을 온몸으로 실감해 버린 채로.

심판도, 상대도 없는 전투였지만 내가 겪은 패배는 비참했다. 패착의 원인을 묻지 않을 수 없었다. 인용이라는 방식 자체에는 문제가 없었다. 다만 이 방식이 게으르게 사유하는 사람의 대책 없는 무기가 되어서는 곤란했다. 인용은 강력하고 간편했으므로 나는 그것을 나에게 주어

○○ 에릭 와이너. 『소크라테스 익스프레스』. 역자 김하현. 어크로스, 2022, p.179.

진 창작의 부담을 덜어낼 목적으로 사용해 왔다. 그 요령이 해도 해도 너무해 나는 안으로부터 부서지고 있었다. 높은 의존도의 기저에는 성급함과 불안감이 있었다. 생각을 단련하는 과정은 매우 힘들고 지난하니까, 그렇다고 날것의 생각을 내보이기는 창피하고 두려우니까 회피하고 만 것이다. 그럴 때마다 황급히 인용문을 욱여넣었다. 빨리 멋진 결과물을 내놓고 싶다는 욕망은 나의 의존도에 불을 지폈고, 수고 없는 노고에는 결실도, 보람도, 재미도 따르지 않았다.

인용문은 어쩌면 네 잎 클로버 같은 존재인지도 모른다. 네 잎 클로버는 행운의 상징임과 동시에 정성의 상징이라 불린다. 언젠가 네 잎 클로버 선물을 받아본 적이 있다. 그 낭만적이고도 고전적인 선물을 주었던 당사자는 빽빽한 세 잎 클로버 무더기 위로 코를 박고 한참의 시간을 보냈다며 고백했다. 비로소 찾아낸 그 작은 잎을 찢어지지 않게 조심히 들고 와 전해주는 것도 정성의 일부였다. 나는 그 귀한 선물을 고맙게 받았지만 여기저기 배회하다 유유히 잃어버리고 말았다. 선물 받은 네 잎 클로버를 잃어버리고 찔려서 이러는 건 아니지만, 사실 네 잎 클로버는 찾아낸 사람에게 더 가치 있는 존재임은 분명하다. 네 잎 클로버를 찾느라 보낸 시간, 그 포착의 회

열 자체가 멋진 순간이었을 테니까. 나는 그 노력의 시간과 불꽃 같은 회열에 대해서는 미루어 짐작만 할 뿐이다.

결국 부등호는 결과보다 과정을 향해 벌어진다. '결과보다 과정', '부족해도 괜찮아'라는 뻔한 클리셰가 나의 앞에 당도해 석류처럼 터진다. 흩어진 붉은 알들을 조급하지 않게 줍고 싶다.

비어있는 곳으로 복이 들어오는 거라던 운세를 다시 한번 떠올린다. 나에게는 이 말이 책을 비워야 생각이 차오른다는 뜻으로 읽힌다. 오늘은 정말 읽을 책 딱 한 권만 들고 카페로 가기로 한다.

내 몫의 서툶

지난달에는 선배 크리에이터이자 동지인 이찌라 님을 만났다. 우리는 작가가 되겠다는 꿈으로 의기투합해 호기롭게 글쓰기 프로젝트를 시작했지만, 어쩐지 만났다 하면 곡소리부터 쏟아내는 사이가 되었다. 그날도 우리는 머리를 쥐어뜯으며 창작의 괴로움을 토로했다.

"우리는 어쨌든 이런저런 책을 다양하게 읽으니까 뭐가 좋고 싫은지는 알잖아요. 그러다 보니까 오히려 내 글을 쓰는 게 너무 어려워요. 눈이 높아졌다고 해야 하나요. 좋은 게 뭔지는 알겠는데 내 글은 그렇지 않으니까."

실로 그랬다. 우리는 좋은 책을 써야 한다는 압박에 시달리고 있었다. 하지만 좋은 책을 만들기란 얼마나 어려운가. 좋은 책이란 이런 요소들을 갖춰야 한다. 문장이 유려할 것, 재미있을 것, 깊은 여운을 지닐 것, 양질의 정보를 제공할 것, 읽는 이의 일상을 바꾸고 삶을 고양시킬 것. 이 조건들을 반대로 적용하면 나쁜 책이 된다. 문장이 부자연스러운 책, 더럽게 재미없는 책, 마음을 사로잡는 이야기가 없는 책, 잘못된 정보를 제공하는 책, 사유가 공허한 책, 어디에나 있을법한 뻔한 책.

좋은 책을 써보겠다며 의지를 불태웠으나 막상 쓰다 보니 좋은 책은커녕 나쁜 책만 안 되어도 다행이라 여겨질 정도였다. 마치 좋은 대학교에 진학하겠다며 호언장담했던 중학생이 고등학교 생활 3년 만에 현실을 자각하고 마는 느낌이랄까. 창작의 쓴맛을 보고 난 후 나는 한 껏 오그라들고 말았다. 나의 책이 좋은 책은 못 되어도 구리지는 않았으면 좋겠다. 설령 지금은 구릴지라도 다음번에는 좀 덜 구렸으면 좋겠다. 쭈굴쭈굴.

'나쁜 책'을 생산하고 있는 건 아닐까 노심초사하는 동안 나는 서점 직원으로 일하던 때를 자주 떠올렸다. 중고 서점에서 일하다 보면 책의 운명을 온몸으로 실감할 수 있었다. 어떤 책은 매장에 들어오자마자 불티나게 팔려나가고, 어떤 책은 몇 달이 지나도 사람들의 눈길 한번 받지 못했다. 인기 없는 책들은 손도 닿지 않는 서가 맨 위에서 먼지바람을 맞거나, 햇빛에 노출되어 허옇게 바래버리곤 했는데, 이런 책은 직원에게도 골칫거리로 여겨졌다. 서가 회전율을 떨어뜨리고 매출에 악영향을 끼치기 때문이다. 우리는 그런 책들을 '똥 책'이라 부르며 애물단지 취급했다. 창고에 쌓아두다가 다른 지점에 몰래 떠넘기기도 했고, 그대로 영영 폐기해 버리는 경우도 있었다. 이 기억은 줄곧 나에게 글쓰기에 관한 두려움을 부추겼다.

'아, 내가 쓴 책을 나중에 중고 서점에서 발견하게 되면 어쩌지? 사람들이 내 책 안 팔고 영영 소장해 줬으면 좋겠다. 아냐, 중고로 거래되기만 해도 감지덕지. 1쇄도다 못 팔고 금세 절판되어 버려서 중고로도 안 받아주면 어떡하지. 내 책이 애물단지 취급만 받다가 쥐도 새도 모르게 폐기되면……. 이런 사달이 안 나도록 좋은 책을 써야 할 텐데.'

'나쁜 책'에 대한 나의 공포는 커져만 갔다. 괜히 설쳤다가 상처만 받는 건 아닐까. 부끄러운 오명만 달게 되는 것은 아닐까. 두려움에 압도되어 이렇다 할 글 하나 쓰지 못한 채 허송세월하는 시간이 길어졌다. 차라리 포기할 수 있다면 편했을 텐데, 나는 첫사랑을 잊지도, 이루지도 못하는 사람처럼 미련 가득한 상태로 작가라는 꿈 주변을 맴돌았다.

하지만 간절히 원하면 온 우주가 도와주는 법. 그 방황의 한복판에서 같은 고민을 하는 동료를 만난 것은 분명한 행운이었다. 우리는 서로를 으쌰으쌰 밀고 당겨주며 글을 써냈고, 창피함을 무릅쓰고 여기저기 투고할 용기까지 그러모을 수 있었다.

꿈을 꿈으로만 두지 않겠다며 함께 고군분투하는 사이, 한가지 깨달음도 얻었다. 글 쓰는 사람에게는 글을 잘 쓰는 것만큼이나 스스로 독려하는 능력이 중요하다는 것. 나 같은 게 책을 내도 되는지 의심하며 가슴앓이 할 때면 나를 등을 떠밀어 주고 응원해 줄 존재들을 찾아 기대어 보면 어떨까. 만약 지금 어디에선가 나와 같은 고민을 하는 사람이 있다면(그 대상이 설령 글이 아닐지라도), '나쁜 책'의 그림자에 쫓겨 두려워하는 사람이 있다면 유럽의 그림책 작가 벵자맹 쇼의 말을 들려주고 싶다.

"제가 다른 창작자들 작품에서 감동 받는 지점은 기계 같은 완벽성이 아니라 인간적인 빈틈이거든요. 우리가 똑같지 않은 이유도 그 빈틈과 서투름에 있고요. 그걸 소중히 여겨야 해요. 만약 모두가 완벽한 그림을 그리게 된다면 이 세상에 있는 모든 그림이 전부 완벽하게 지루할 겁니다."○

이 우아하고 따사로운 위로는 완벽하지 못해도, 다소 허술해도 괜찮다며 우리를 응원해 주는 것만 같다. 서투른 책과 나쁜 책이 동의어가 아니라고 말해주는 것도 같다. 창작자의 태도라기엔 지나치게 나이브한 걸지도 모르지만, 다른 방법을 모르는 나는 그냥 이렇게 써나갈 수밖에 없다. 다만 고유하게 서툴자고 다짐하면서. 이 메시지가 누군가가 기댈 수 있는 든든한 나무둥치가 될 수 있다면 좋겠다.

○   글 최혜진, 사진 신창용. 『유럽의 그림책 작가들에게 묻다』 은행나무, 2016, p.175.

남아있는 대출도
지금처럼 성실히 상환해 주시기를

어느 날 이런 문자를 받았다.

한국장학재단에서 고객님께 축하와 감사 인사를 드립니다.
고객님께서는 22.02.22 기준으로 보유하신 2014-1학기
(취업후상환학자금_등록금) 대출을 완제하셨습니다.
그동안 성실하게 상환해 주셔서 감사합니다.
아울러 남아있는 학자금 대출도 지금처럼 성실히
상환해 주시기를 부탁드립니다.

약이 올랐다. 야, 너네가 막 억지로 내라고 했잖아. 나는 이거 내느라 200일짜리 적금을 70일 만에 깼다고! 한 달에 서너 번씩 대출금 자동 이체 알람 소리에 눈 뜨는 불쾌한 기분을 알아? 후련함보다는 미묘한 억울함이 샘솟는 와중에, 유독 한 구절이 눈에 들어왔다.

"남아있는 학자금 대출도 지금처럼 성실히 상환해 주시기를". 지금처럼. 성실히.

학교를 꽤 오래 다녔다. 첫 번째 대학에서 3년을 보낸 후 자퇴했고, 그해 바로 입학한 두 번째 대학에서는 5년 만에 학교를 졸업했다. 스무 살에 입학해 두 곳의 학교를 거치고 졸업하니 서른 살의 목전이었다. 학교에 오래 다닌 만큼 학자금 대출도 켜켜이 쌓여 있었다. 그 금액

이 무려 2,000만 원에 달했다. 10여 년간 착실하게 갚았지만 아직도 약 400만 원의 학자금이 남아있는 데다, 특히 최근에는 '취업 후 학자금 상환'을 하라는 은근한 독촉까지 이어지고 있다. 비정규직으로만 10여 년을 일하다 2021년에 사업자 등록증을 냈기 때문이다. 아직 1인분 밥벌이도 못 하는 업장인데, 어떻게들 귀신같이 알고 와서 돈을 내놓으라고 하는지 신통방통할 따름이다.

난생처음으로 자영업자가 되었다. 사업 종목은 1인 미디어 콘텐츠 창작자. 직원은 한 명. 나는 이 회사의 유일한 일꾼이다. 대표, 소속 아티스트, 편집자, 디자이너, 마케터, 작가. 이 모든 게 나의 직함이다. 나는 나를 부지런히 부려 '남아있는 학자금 대출을 지금처럼 성실히 상환'해야 한다.

회사 구성원들의 업무는 다음과 같다. '대표 공백'은 한 달을 기준으로 일정을 구성하고 전체적인 판을 짠다. 어떤 영상을 언제 찍어 올려야 하는지, 그러려면 무슨 책을 읽어야 하는지, 광고를 얼마나 배치하여 얼마만큼의 수입을 얻을지 고민하면서도 원고 마감과 강의 일정에도 틈틈이 관심을 기울여야 한다. '소속 아티스트 공백'은 카메라 앞에 앉아야 하기에 스스로 매무새를 가다듬는다. 부은 얼굴로 카메라 앞에 서는 일이 없도록 야식을 참고,

발음이 새지 않도록 입을 풀고, 적당한 속도와 높낮이로 말하고 있는지, 표정이나 제스처가 과하거나 부자연스럽 지는 않은지 체크한다. '편집자 공백'은 자나 깨나 컴퓨터 앞에 앉아 영상을 자르고 붙이고 자막을 쓴다. 거북목 디스크를 직업병으로 갖고 있는데, 다음 생에는 차라리 거북이로 태어나고 싶을 정도로 심각한 수준이다. '디자이너 공백'은 SNS와 유튜브에 올릴 이미지를 만든다. '세련되면서도 눈에 확 띄고 색다르면서도 심플한 느낌이면 좋겠어요' 같은 '또 다른 공백'의 열받는 요청에 응답하기 위해 포토샵을 켠다. '마케터 공백'은 날카로운 눈으로 책을 훑어본다. 어떻게 하면 이 책의 멋짐을 사람들에게 전달할 수 있을까, 어떻게 하면 이 책을 많은 사람들과 함께 읽고 즐길 수 있을까 부단히 고민한다. '작가 공백'은 청탁 들어온 원고 마감을 지키기 위해, 책을 출간하기 위해 엉덩이에 힘을 준다. 눈코 뜰 새 없이 바쁘게 일하다 보면 '노동조합장 공백'이 불쑥 얼굴을 든다. "밥은 먹고 일해야지!", "충분한 수면 시간을 보장해 줘야지!", "적당히 딴짓도 해야 업무 효율이 올라간다고!". 노동자의 권리를 보장하라고 목청껏 외친다. 이 직원 저 직원을 다독이며, 수많은 업무를 가로지르다 보면 하루가 훌쩍 지나간다.

언젠가 인터넷에서 한 게시물을 보았다. 연기자 성동일 씨가 드라마 대본 리딩 현장에서 동료들과 인사를 나누는 모습이었다. 그는 동료들에게 다음과 같은 첫인사말을 건넸다.

"여러분과 함께 돈 벌게 되어서 반갑습니다."

이 말을 듣자마자 무릎을 쳤다. 요즘에는 그를 따라 이렇게 읊조리며 일을 시작하곤 한다.

"여러분과 함께 돈 벌게 되어서 반갑습니다. 남아있는 학자금 대출도 성실하게 상환하고, 나아가 전세 자금 대출도 상환하여 인생에 광명을 찾아봅시다."

결연한 인사와 함께 여러 명의 공백이들이 일손을 걷어붙인다. 모든 대출금을 완제할 그 날을 위하여.

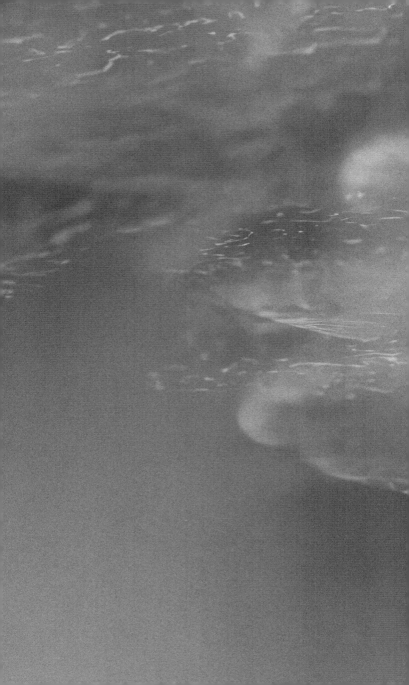

2부

일상을 읽는 순간

타투에 관한 세 가지 단상

송재은 & 김현경 『INK ON BODY』

어버이날을 기념해 엄마와 저녁 식사 자리를 가지게 된 날이었다. 이런저런 근황을 나누며 밥을 먹고 있는데 엄마가 문득 볼멘소리를 했다.

"아니 왜 올 때마다 타투가 느는 것 같니, 얘는?"

엄마를 마지막으로 본 날로부터 새로 업데이트된 타투 는 없었으므로, 나는 아니라고 항변했다. 엄마는 아무래 도 의심스럽다는 얼굴을 하며 덧붙였다.

"지저분하게 뭘 자꾸 그런 걸 해? 아무리 자기 몸 제 맘 대로 한다지만 인제 그만해."

*

현재까지 나의 몸에는 다섯 개의 타투가 있다. 시술받 은 순서대로 나열해 보자면 다음과 같다.

1. 極

왼쪽 손목. 다할 극極자가 한자로 새겨져 있다. 대학생 시절, 이 글자가 내가 지향해야 할 동시에 지양할 글자라 고 생각해서 새겼다. 타투이스트의 디자인 능력이나 시 술 스킬에 대해서는 전혀 모를 때라 아무 곳에나 가서 시 술받았는데, 그래서인지 지금은 보기 싫게 번졌다. 유일 하게 커버 업(다른 문신으로 채우는 것)을 고민 중인 타투다.

2. If there's any kind of god, it wouldn't be in any of us, not you or me. But just little space in between.

오른쪽 팔 안쪽. 가장 좋아하는 영화 〈비포 선라이즈〉의 대사가 영어로 새겨져 있다. 한국말로 바꾸어 보자면 이런 대사다. "만약 신이 있다면 네 안에, 혹은 내 안에 있는 것이 아니라 우리 둘 사이에 있는 작은 공간에 있을 거야". 줄리 델피가 이 대사를 낮게 읊조리는 장면을, 나는 아직도 인생 최고의 장면으로 손꼽는다.

3. 파티마의 손

왼쪽 팔 바깥쪽. 파티마의 손을 새겨 놓았다. 함사 Hamsa라고도 불리는 파티마의 손은 신의 다섯 손가락을 상징하며, 행운을 가져다주고 불행을 막아주는 부적이라는 의미를 가지고 있다. 함사는 무수히 다양한 모양을 가지고 있는데, 나의 팔에 있는 문양은 식물 넝쿨이 화려하게 수놓아져 있는 것이 특징이다.

4. 기하학 무늬

오른쪽 손. 손등과 손가락에 각기 다른 기하학 무늬가 새겨져 있다. 아름다운 선들과 점들, 대칭되는 무늬들이 안정감과 기쁨을 준다. 덧붙이자면, 시술받을 때 가장 고통스러웠던 타투이기도 하다.

5. 뱀

왼쪽 엄지손가락 아래. 지혜의 상징인 뱀이 새겨져 있다. 머리와 혀끝에는 반짝이는 빛의 조각들이 그려져 있다. 왼손으로 책을 쥐면 이 뱀이 머리를 빛내며 책 속으로 달려드는 듯한 모양이 되는데, 그 모습은 볼 때마다 사랑스럽다. 지혜의 상징이 지혜의 보고 속으로 뛰어드는 모습이랄까.

이렇듯 나의 몸에는 지난 시간들이 수놓아져 있다.

『JOBS-EDITOR』의 조수용 발행인은 다음과 같이 말한다.

"결국 개개인의 정체성에 대한 이슈로 귀결되는 거고, 내가 누구이고 어떤 생각을 하는 사람인지만 명확하게 전달하면 모든 것이 풀리는 거죠. 모든 일의 원점인 '나는 어떤 사람이냐'라는 것."○

나는 모든 현대인이 에디터의 특성을 지니고 있다고 믿는다. 내가 책을 고르고, 읽고, 추려서 소개하는 일 또

○   매거진 B 편집부, 『JOBS-EDITOR』. REFERENCE BY B, 2019, p.30.

한 에디터의 업무와 흡사하다. 일상의 파편들을 모아 에세이의 형태로 기록하는 것 또한 자기 서사를 편집하는 일이므로 에디터의 일과 같다. 타투 또한 같은 맥락으로 이해할 수 있지 않을까? 나는 에디터가 아이템을 고르고 언론사가 데스크를 꾸리듯 타투를 고른다. 그것이 내가 어떤 생각을 하고, 어디에 관심을 두고 있으며, 무엇을 기억하고 싶은지를 말해준다고 생각하기 때문이다. 엄마에게는 미안하지만 나에게는 아직 새기고 싶은 것이 많이 남았다. 그러므로 앞으로도 '선타투 후뚜맞(일단 타투 먼저 하고, 그다음에 뚜드려 맞는다는 뜻)' 해가며 타투를 꾸준히 늘려갈 예정이다.

*

나의 타투들은 모두 눈에 잘 보이는 위치에 있다. 다른 사람이 아닌, 내가 가장 많이 보고 즐기고 싶었기 때문이다. 어렵지 않게 타투를 목격한 사람들은 곧잘 이에 대해 이야기하곤 한다. 이 중에는 좋은 말도 있고 나쁜 말도 있다. 타투를 하고 난 후 가장 많이 듣는 질문들을 분류해 나열해 보자면 다음과 같다.

· 타투 긍정파: "안 아팠어?" / "이런 거 하려면 얼마 들어?" (참고로 돈이 제법 많이 든다.)

- 타투 중립파: "가족들이 뭐라고 안 했어?" (선타투 후뚜
  맞의 정신을 복기할 것.)
- 타투 부정파: "나중에 늙어서 후회하면 어떡해?" / "나
  중에 자식들이 이거 뭐냐고 물어보면 어떡해?" (뭘 어
  떡해. 그림이라고 하면 되지.)

　이 질문 중에서도 특히 '나중에 늙어서 후회하면 어떡
해?'라는 질문을 가장한 힐문에 대해 자주 생각한다. 인
터넷에서도 흔히 찾아볼 수 있는 이 문장은 대개 '타투를
한 사람들은 나이 먹으면 다 후회할 것'이라는 생각을 전
제로 삼고 있다. 젊은 날의 치기가 사라지고, 자식과 손
주들이 주렁주렁 생기고, 피부가 쪼글쪼글해지거나 축
축 늘어나고 나면 이윽고 타투가 부끄러워질 거라고 생
각하는 모양이다.

　이 질문에 대한 나의 대답은 간단하다. 타투가 잘 어울
리는 할머니가 되면 된다! 나는 자유롭고 유연한 할머니
가 되고 싶다. 좋아하는 것들, 즐기고 싶은 것들, 곁에 두
고 싶은 것들이 많아서 다양한 방법으로 즐기는 할머니
가 되고 싶다. 생각만 해도 멋지다. 이런 상상을 해본다.
내가 70살쯤 된 어느 날, 한 젊은이가 나에게 와서 이렇
게 말하는 거다. "와, 할머니 타투 되게 멋져요". 그럼 나
는 쿨하고 의연하게 웃어줘야지. 이날을 위해 나는 멋지

게, 선하게, 건강하게 남은 생을 살아내려 한다.

*

요즘 넷플릭스에서 〈타투 리두Tattoo redo: 새롭게 새겨
줘〉라는 프로그램을 재미있게 보고 있다. 이 기발하고도
대담한 방송에는 '망한 타투'를 몸에 새긴 사람들이 등장
하는데, 사연이 하나같이 요지경이다. 친구와의 매운 고
추 먹기 내기에서 패배한 남자는 엉덩이에 작은 고추 그
림과 친구의 이름을 새겼다. 한 여성은 자신의 우상인 마
이클 잭슨의 하얀 장갑을 새겼는데, 완성된 타투는 꼭 도
축된 닭처럼 보인다. 전 부인, 전 남친과 새긴 기념일 타
투들은 물론이고, 술을 먹고 새긴 음란한 문구, 도무지
알아볼 수 없는 그림 등등……. 출연자들은 이 망한 타투
를 함께 '까보며' 폭소를 터뜨린다.

이 과정이 끝나면 실력파 타투이스트 다섯 명이 번갈
아 가며 리커버 작업을 하게 된다. 프로그램의 묘미는 이
지점에서 발생한다. 새로운 타투의 도안을 선택하는 사
람이 피시술자 본인이 아니라 함께 온 지인이기 때문이
다. 이들은 자신이 가진 정보와 감각을 총동원해 도안을
고른다. 피시술자는 타투 시술이 끝날 때까지 자신의 타
투를 보지 못한다. 상담부터 도안 디자인, 시술에 이르는
전 과정이 철저히 비밀로 유지된다. 타투가 끝나면 모두

가 긴장 상태로 함께 완성된 타투를 관람한다. 도안을 고른 친구, 시술한 타투이스트, 쇼의 진행자들, 그리고 무엇보다 자신의 몸에 어떤 그림이 그려지는지 모르고 타투를 받아야 했던 당사자들 사이에 엄청난 긴장감이 퍼진다. 긴장감은 프로그램을 시청하는 나에게까지 전해진다. 와, 저렇게 했는데 마음에 안 들면 어떡해? 저 사람들 머리 뜯고 싸우면 어떡하지? 저러다 절연하는 거 아냐? 방송 중단되는 거 아냐? 긴장감으로 오그라든 나의 마음과는 별개로 다행히 아직까지는 절연한 사람이 없다. 방송도 중단되지 않았다.

이 프로그램은 여러 가지 매력을 선사한다. 일단 우리나라 방송에서는 보지 못하는(타투가 혐오감을 불러일으킬 수 있다는 이유로 방송사들이 자체적으로 검열해 송출한다) 타투를 마음껏 볼 수 있다는 점에서 희열에 가까운 기쁨을 준다. 온몸을 꽉 채운 타투를 모자이크 없이 볼 수 있다니! 우리나라 공중파 티브이에서는 상상도 못 할 일이다. 또 하나의 중요한 매력은, 이 프로그램 출연자들 사이의 관계성이다. 스튜디오에 손을 맞잡고 등장하는 출연자들은 때로는 20년 지기 친구이기도 하고, 부모 자식, 동성 연인, 자매이기도 하다. 이들은 서로에 대해 많은 것을 알고 있으며, 그 정보를 바탕으로 심혈을 기울여 상대방의 타투를 골라준다. 좋아하는 것, 싫어하는 것, 특별한 사연들에 관한 이야기는 타투이스트의 손에서 고유한 그림과 문자로 재탄생한다. 그래서인지 출연진들은 종종 눈물을 보이곤 한다. 나는 그 모습을 보면서 부러움과 애정을 동시에 느낀다. 으레 비행과 문란함과 어리석음의 상징이었던 타투가 한 사람의 상징으로 다뤄지는 모습이 반가울 따름이다.

*

엄마와 함께 태국 패키지 여행을 갔을 때였다. 같은 팀에 딱 우리 또래 정도의 모녀가 있었다. 체형부터 걷는 모습까지 똑 닮아있던 그 모녀에게서 가장 인상적이었던 것은 두 사람의 손등에 나란히 새겨져 있는 옷걸이 모양의 타투였다. 엄마와 커플 타투라니! 너무 부러워서 여러 번 훔쳐보았던 기억이 난다. 맞잡은 손 위로 두 옷걸이가 포개지는 장면은 너무너무 아름답고 사랑스러웠다.

문득 그 모습이 생각나 엄마에게 커플 문신을 해보자고 제안했더니 단박에 잔소리가 날아왔다.

"에그! 싫어, 너나 해!"

언제는 하지 말라더니, 이번에는 나나 하란다. 그렇다면 일단 나만 하면서 기다려 보지, 뭐.

56

어쩌면 일어날지도 몰라, 기적

산책길에서 자전거 타는 사람을 무려 아홉 명이나 만났다. 편의상 그들을 바이커 1~9라고 부르도록 하겠다.

공원 초입에서 만난 바이커 1은 할아버지로, 자전거 뒤편에 작은 라디오를 매달고 있었다. 그의 라디오에서 흘러나오는 음악 소리가 점점 작아져 사라질 때쯤 바이커 2와 3이 함께 나타났다. 그들은 부부로 보이는 한 쌍으로, 똑같은 햇빛 가리개를 쓰고 나의 옆을 유유히 스쳐 지나갔다. 바이커 4는 어깨에 후드티를 두른 젊은 여성이었는데, 처음 보는 디자인의 작고 예쁜 자전거를 타고 있었다. 바이커 5~8은 산책로와 이어진 놀이터 어귀에서 한꺼번에 나타났다. 그들은 놀이터를 쌩쌩 가로지르며 묘기에 가까운 자전거 타기를 선보이고 있었다. 저 자전거에 치였다가는 아이들은 물론이고 어른도 어디 하나 작살날 게 분명했기에, 부모들은 미끄럼틀 타던 아이들을 황급히 불러들여 놀이터를 떠나버렸다. 대미는 바이커 9가 장식했다. 중학생쯤 되어 보이는 바이커 9는 맞은편에서 기겁할 만큼 빠른 속도로 달려와 나를 쌩하고 스쳐지나 갔다. 놀라운 점은 그가 두 손을 놓고 있었다는 점이었고, 그보다 더 눈길을 끈 것은 그의 우수에 찬 얼굴이었다. 영화 〈비트〉 속 정우성에 버금가는 아련한 표정이었다.

내가 자전거 타는 사람들에 대해 이렇게 구구절절 쓰는 데는 다 이유가 있다. 이 산책길은 자전거 통행이 금지되어 있었다! 그러니까 내가 걷고 있던 길은 보행자 전용 산책로였다. 바이커들로 인해 기분이 언짢아진 적이 한두 번이 아니었다. 이들은 나의 뒤통수를 향해 빠르게 달려오며 위협적인 딸랑이 소리를 내뿜는가 하면, 산책 나온 반려견이나 아이들을 간발의 차로 비껴가는 아찔한 장면을 연출하기도 했다. 500미터 간격으로 자전거 통행금지 표지판이 서 있지만, 아무도 개의치 않는 듯했다. 부아가 치민 나는 이놈의 바이커들을 모두 자전거 통행금지 표지판 아래 모아놓고 한바탕 호통이라도 치고 싶은 심정이 되곤 했다. '여기 뭐라고 쓰여있습니까? 자전거 통행금지라고 쓰여있지 않습니까? 그러면 여기서 자전거 타면 됩니까 안됩니까? 보여, 안 보여 이 호랑말코 같은 놈들아!'. 하지만 호통은 상상 속에서나 가능할 뿐, 소심한 나는 찍소리도 못하고 아홉 명의 바이커를 떠나보냈다. 나는 공연히 속으로만 분통을 터뜨렸다. 하지 말라면 하지 말라고, 타지 말라면 타지 말라고! 금지를 시킨 데는 다 이유가 있지 않겠냐고!

씩씩거리며 공원 한 바퀴를 돌고 집으로 향하던 중 한 무리의 아저씨들을 만났다. 그들은 평상 위에 모여앉아

술판을 벌이고 있었다. 코로나 거리 두기로 인해 쳐둔 출입 금지 바리케이드를 모조리 떼어버리고서 말이다. 그들을 향해 눈을 부라리며 걷고 있는데 끔찍한 일이 벌어지고 말았다. 아저씨 무리 중 한 명이 갑자기 자리에서 일어나더니 수변으로 천천히 걸어가, 바지를 내리고 소변을 보기 시작한 것이다. 수로 맞은편에서 걷던 나는 냇물로 떨어지는 오줌 줄기와 그의 신체 구조 일부에 속수무책으로 노출될 수밖에 없었다. 아니 아저씨, 지금 그 행위는 노상 방뇨로 경범죄이며, 심지어 신체 중요 부위를 원치 않는 사람에게 노출하는 성범죄이기도 해요. 나는 아연실색했지만 결국 또 아무 말도 못 한 채 종종걸음으로 그를 지나쳤다. 돌아오는 내내 욕설을 줄줄이 내뱉으면서.

집으로 피신한 나는 샤워를 하며 열을 식히고 맥주를 손에 든 채 소파에 몸을 던졌다. 인간이라고는 나 혼자인 집이 천국같이 느껴졌다. 기분 전환도 할 겸 영화나 한 편 볼까 싶어 채널을 뒤적거리는데 문득 엄청난 소음이 귀를 때렸다. 무언가를 끌고 두들기는 저 익숙한 소리는 필시 옆집에서 내는 소음이 분명했다. 또! 또 저 집이다! 부아가 치밀었다. 옆집은 1년 가까이 밤낮 가리지 않고 벽간 소음으로 나를 괴롭히고 있었다. 관리 소장님이 귀

띔해 주시기를 무슨 공방을 하고 있다나? 아니, 왜 집에서 공방을 하시나요? 나는 소심한 항의로 옆집과 맞닿은 벽을 쾅 치고는 맥주와 안주를 싸 들고 안방으로 피신했다. 컴퓨터를 켜 영화를 재생하고 쿵쾅거리는 소리가 들리지 않을 정도로 볼륨을 높였다.

그날 내가 본 영화는 고레에다 히로카즈 감독의 〈진짜로 일어날지도 몰라 기적〉으로, 내용을 간단히 설명하자면 이러하다. 영화 속에 등장하는 아이들은 어느 날 한 가지 소문을 전해 듣는다. 마주 달려오는 두 열차가 스쳐 지나가는 순간, 기적이 일어난다는 것이다. 저마다의 사연과 바람이 있는 아이들은 부모님 몰래 신칸센 첫 번째 열차를 보기 위해 모험을 떠난다. 우여곡절 끝에 철도 근처에 모여앉은 아이들은 기차가 지나가는 순간 큰 소리로 자신의 소원을 외친다. 그 아이들이 간절히 바랐던 기적은 일어났을까?

영화가 끝나고 올라가는 엔딩 크레딧을 보며 잠시 생각에 잠겼다. 나라면 무슨 소원을 빌었을까. 로또 당첨, 내가 쓴 책 대박, 무병장수나 젊음……. 수많은 행운을 떠올려 보며 고민하던 차에 문득 박상수 시인의 시구가 떠올랐다.

"믿어지니? 아무도 미워하지 않고 하루가 지나갔다는 것"。

나는 아무도 미워하지 않는 하루를 보내게 해달라고 빌고 싶어졌다. 언젠가는 그런 기적 같은 하루를 보낼 수 있으면 좋겠다. 오늘은 이미 물 건너갔지만. 언젠가, 언젠가는 말이다.

○ 박상수. 『오늘 같이 있어』 중 「극야(極夜)」 문학동네, 2018, p.32.

인생을 술로 통치지 맙시다

하은실 외 11인 『영통보다 몽통』

초로初老의 돈키호테는 산초에게 이렇게 말한다.

"산초, 다이아몬드 하나보다 이(치아) 하나가 더 중요하다는 걸 알아야 해."

그 말에 백 번 공감한다. 그렇지만 제아무리 돈키호테라도 사랑니를 네 개나 가지고 있는 사람 앞에서라면 그렇게 말하지 못할 것이다. 그 사랑니가 볼과 턱 전체를 퉁퉁 부어오르게 하는 염증의 주범이라면 더더욱.

나는 위아래로 두 개씩, 도합 네 개의 사랑니를 가지고 있었다. 쓸데없이 착실하기도 하지. 이 중 두 개는 치아교정 중에 손쉽게 발치했고, 다른 하나와는 사이좋게 공생할 수 있었다. 하지만 단 하나, 오른쪽 아래 사랑니는 틈만 나면 말썽을 부리곤 했다. 이 고약한 녀석 때문에 잇몸이 상당히 덧나고 부어올랐는데, 급기야 입도 못 벌릴 정도로 염증이 심해지고 말았다. 다이아몬드고 나발이고 간에 이놈을 당장 뽑아 없애겠다는 각오로 치과에 갔더니, 의사 선생님이 자못 심각한 얼굴로 이렇게 말하는 것이 아닌가.

"염증이 너무 심해서 당장은 발치가 어렵겠는데요."

나는 부어오른 턱을 쥐고 끙끙대며 집으로 돌아왔고, 염증이 가라앉길 기다리며 며칠을 호되게 앓았다. 설상가상으로 이를 뽑은 후에도 상처가 아물지 않아 꽤 오래 고초를 겪어야만 했다. 날마다 진통제를 우수수 털어 넣

으며 버티기를 보름째, 그제야 통증이 줄어들고 상처가
아물기 시작했다. 드디어 한숨 돌렸다는 생각이 들자, 나
는 네이버에 다음과 같은 검색어를 입력했다.

사랑니 발치 후 술

그렇다. 좀 살만하니까 술이 마시고 싶어진 것이다. 네
이버 지식인에는 나처럼 한심한 영혼들의 질문이 끝도
없이 올라와 있었다. 케이스도 가지각색이었다. 사랑니
발치 당일에 술을 마시겠다는 사람, 딱 한 잔 마셨는데
염증이 도져 아파죽겠다는 사람, 술을 마셨는데 아무렇
지도 않았다는 사람 등등……. 댓글도 다채로웠다. "발치
후 상처가 완전히 아물 때까지 약 한 달은 금주를 하셔야
한다"는 치과 의사들의 의학적 소견과, "다음 날 바로 술
먹었는데 멀쩡했음" 하는 간증이 맞붙어 그야말로 대혼
란의 장이었다. 나는 냉장고 앞을 서성이며 오랫동안 고
민하다 결국 맥주 한 캔을 꺼냈다. 툭 까서 단번에 홀링
홀링 입에 털어 넣은 맥주는 눈알이 튀어나올 만큼 청량
하고 시원했다.

내시경을 할 때도, 타투 시술을 받을 때도, 늘 "술 마시
지 말라"는 말을 들었다. 언제부터였을까, 이 금주 명령

에 가슴이 철렁하게 된 게. 20대 때까지만 해도 그다지 술을 즐기지 않았다. 술맛이라고는 전혀 몰랐고, 술자리 는 더더욱 싫어했다. 한 달에 고작 맥주 두어 캔 마시는 게 음주 생활의 전부였다. 그런데 서른이 넘어가며 일을 마치고 마시는 맥주의 짜릿함을, 기름내 맡으며 기울이 는 막걸리의 통쾌함을, 취향 따라 골라 마시는 와인의 재 미를 알게 되었다. 그래서 지금은 어떠한가. 술 마시지 말라는 말이 싫어서 귀도 안 뚫는 사람이 되고 말았다.

뱃살이 푸둥해지고 얼굴이 영 퍼석해지기는 했지만 술 마시는 삶은 나름대로 재미있었다. 그날그날 기분에 맞 춰 술을 고르는 것도, 곁들일 안주를 두고 고민하는 시간 도 즐거웠다. 맥주를 마시며 〈프렌즈〉를 정주행하는 일 도, 밥그릇에 막걸리를 마시며 〈심야 식당〉을 보는 것도 좋았다. 취기가 오르면 감정이 널을 뛰곤 했는데, 그 동 요도 어쩐지 싫지만은 않았다. 알딸딸한 상태로 슬픈 영 화를 보며 펑펑 울 때는 후련했고, 까무룩 잠에 빠져들었 다 일어날 때는 개운했다. 그러나 이 해소감에는 함정이 있었다. 감정을 너무 손쉬운 방법으로 증발시켜 버린다 는 것이었다.

한번은 무척 열받는 일이 있었다. 집으로 돌아온 나는 술을 마시고, 불만을 토로하고, 울고, 떠들다 잠들었다.

당장은 후련했지만, 다음 날이 되자 엄청난 숙취가 찾아왔다. 하나님, 부처님, 선생님, 살려주세요. 또 술을 마시면 제가 정말 사람이 아닙니다. 변기를 붙잡고 통렬한 반성을 해보아도 뒤집힌 속은 가라앉을 줄을 몰랐다. 화장실 문 앞에 널브러져 있는데 문득 이런 생각이 스쳤다. '작가라면 응당 글로 토해야 할 것을……'. 나는 토하고 또 토하다 못해 노란 위액이나 내뿜고 있었다.

글 쓰는 사람에게 마음의 동요는 소중한 신호다. 나를 분노하게 했던 일도 글로 풀어낸다면 꽤 재미있는 사연이 되었을지 모른다. 어쩌면 글을 쓰다 나를 성숙하게 할 삶의 윤슬 한 조각을 발견했을지도 모른다. 그런 감정을 술에 취해 이런 식으로 해소해 버리면 안 되는 거 아닌가? 무언가를 낭비해 버린 것 같았다. 중요한 감정이 손틈새로 새어 나가고 있는 기분이었다. 남들은 뼛속까지 들어가 글을 쓰고(나탈리 골드버그의 작법서『뼛속까지 내려가서 써라』), 눈물 속으로 들어가 시를 쓰는데(김정란의 시「눈물의 방」), 나만 술통 속으로 기어들어 가도 되는 걸까? 술을 끊어야 하는 걸까? 나는 잠시 고민했다.

예로부터 술에 대한 예술가들의 의견은 분분했다. 랠프 월도 에머슨은 글을 잘 쓰기 위해서는 하루를 잘 마무리하고 질 좋은 수면을 해야 하는데, 그러려면 술을 끊어야만 한다고 말했다. 하지만 미국의 작가 에드워드 애비는 "좋은 작가의 정맥에는 대부분 로제 와인이 흐른다"며 술의 편을 들었다. 보들레르는『파리의 우울』에서 "지금은 취할 시간! 시간에 학대받는 노예가 되지 않으려면, 취하라, 끊임없이 취하라!"고 노래했으나, 필립 라쿠라 바르트는 해당 글을 인용하며 "시간의 노예가 된 노동계급의 진정제로만 술이 여겨질 뿐"이라고 일축했다.

작가 이장욱은 이렇게 말하며, 적당히 중도적인 입장을 취한다.

"술을 마시며 글을 썼다는 작가라면 헤밍웨이, 뒤라스, 부코스키에서 이태백까지 셀 수 없이 많은데, 그들이 술 속에서 진리를 발견했을 리는 만무하지만 적어도 매력적인 문장 몇 개는 건졌으리라."°

그러니까, 결국 누가 어떻게 마시느냐의 문제라는 거다. 고급스럽게 말하면 무가무불가無可無不可°°요, 쉽게 말

° 이장욱 외 5인, 『술과 농담』중 「술과 농담과 장미의 나날」 시간의 흐름, 2021, p.196.

°° 무가무불가: 하나의 명확한 태도를 취하지 않고 옳고 그름이 없는 상태.

하자면 '케바케'다. 저 저명한 예술가들의 의견도 판이하게 갈리는 마당에 굳이 술을 끊을 필요가 있을까? 당장에 술을 딱 끊으면 '이게 사는 건가?' 싶어질 텐데! 잠시나마 금주를 고민했던 나는 멋쩍게 다짐을 철회하고 말았다.

나는 요즘도 심심치 않게 술을 마신다. 음주는 여전히 나를 신나게 한다. 하지만 전과 다르게 나에게는 술과 조화롭게 살아가기 위한 원칙이 하나 생겼다. 술에 대한 수많은 명언 중 하나를 골라 취한 것인데, 미국의 소설가 제임스 존스의 말이다.

"작가가 되기 전에 술고래부터 되지 맙시다."

감정과 사연을 술로 대신하지 않으면서, 술에 잡아먹히지 않으면서, 건강하게 오래오래 음주할 수 있다면 좋겠다. 오늘 밤은 조화롭고 현명한 음주 생활을 위해 건배할 테다.

프로그루브스테스의 체크 리스트

1년 정도 명상 수업을 들은 적이 있다. 수업은 동양 철학을 배우는 이론 시간, 그리고 실기에 해당하는 명상 시간으로 이루어져 있었다. 명상을 마치고 나면 매번 기록을 남기고 이야기를 나누는 시간이 이어졌다. 그날 명상을 할 때 몸과 마음이 어떤 느낌이었는지, 어떤 생각들이 떠올랐는지 알아차리는 과정을 통해 명상을 방해하는 장애물을 걷어내고 자신의 상태를 파악하는 시간이었다. 이 기록이 누적되면 한 가지 재미있는 사실을 발견할 수 있다. 바로 반복된 생각 패턴을 찾을 수 있다는 것이다. 사람마다 습관적으로 빠져드는 생각이 있고, 그 생각이 자신의 삶과 일상에 큰 영향을 주고 있다는 걸 우리는 천천히 깨닫게 되었다.

"저는 자꾸 뭘 살 생각만 하더라고요. 명상하면서도 '이 명상 방석 좋은데 집에 가서 검색해 봐야지' 이러고 있는 거 있죠. 그런데 제 올해 목표는 월세 탈출이에요. 진짜 너무 모순이다."

"저는 아무리 노력해도 결국엔 회사 생각으로 빠져요. 일 생각 진짜 하기 싫은데."

수강생들의 볼멘소리가 이어졌다.

나에게서도 한 가지 반복된 패턴이 보이기 시작했다. 내가 습관적으로 하는 생각, 그것은 바로 '체크 리스트 만들기'였다. 원하든 원치 않든 나의 머릿속은 늘 할 일 목록으로 채워졌다. 예를 들면 어느 날의 명상 일기에는 아래와 같이 쓰여있는데, 명상 기록인지 일간 계획표인지 분간이 안 될 정도다.

2021년 2월 9일 명상 기록

· 코가 건조해서 숨 쉴 때마다 아픔.

  이따가 가습기 꺼내서 닦아두기.

· 배에서 자꾸 꼬르륵 소리가 나서 신경 쓰임.

  명상 끝나고 다이어트 도시락 먹기.

· 엉덩이 간지러움. 다리 저림.

  자기 전에 스트레칭을 하자.

· 깜빡 졸았음.

  오늘부터는 진짜 밤 12시 전에 자고 아침 일찍 일어나기.

· 저녁 전까지 책 한 권 다 읽고 리뷰 써야 함. 원고는 밤에 쓰기. 메일 회신도 해둘 것.

어느 날에는 교보문고에 갔다가 핫트랙스(문구 판매점)까지 들어갔다. 나 같은 사람이 많은지, 체크 리스트 메모지가 다양하게 판매 중이었다. 색깔, 일러스트, 크기가 제각각인 메모지가 셀 수 없이 많았다. 참새가 방앗간을 그냥 지나칠 수 있을까. 나는 간결하고 단정한 체크 리스트 메모지 하나를 구매했다. 크기는 손바닥 반만 했고 매

수는 100매였다. 일간 계획표를 100번이나 세울 수 있다는 사실에 두근거렸다. 새 문구를 사면 그렇게 약간씩 설레기 마련이고, 의지가 일순 고양되는 법이다. 집으로 돌아온 나는 그 메모지를 벽에 떡하니 붙여두었다. 드나들면서 늘 보고 체크하려는 심산이었다. 어쩐지 생산력이 끝내주는 사람이 된 것만 같았다.

다음 날부터 곧장 메모지를 사용하기 시작했다. 아침에 눈을 뜨면 10개 남짓 되는 할 일 목록을 적어두고, 저녁쯤에 수행 여부를 점검했다. 자그마한 빈칸에 성공을 의미하는 동그라미를 그려 넣는 쾌감이란! 나는 '일간 목표 달성 100%'를 위해 빠릿빠릿하게 몸을 움직였다. 매일 이렇게만 살면 해내지 못할 일이 없을 것만 같았다.

그런데 문제는 내가 기분파에 과도한 융통성과 개방성(말하자면 형편없는 의지력)을 가진 사람이라는 점이었다. 호기롭게 목표를 설정하는 것과는 별개로 나는 자주 과업을 달성하지 못해 우울에 빠졌다. 어쩐지 아무것도 못하는 루저가 된 것 같은 기분이랄까. 스스로를 날카롭게 후벼파며 자책과 반성으로 하루를 보낸 날에는 대책 없이 폭식과 폭음이 이어지기도 했다. 오늘은 망쳤으니 내일은 더 열심히 하자고, 형편없는 오늘은 지워버리고 내일 새롭게 다시 태어나자는 결심을 하며. 하지만 인간이 으레 그렇듯 나는 자꾸만 목표 달성에 실패했다.

한편, 실패보다 더욱 고약한 것이 있었으니, 바로 성공이었다. 노력 끝에 모든 과업을 달성할 때면 나는 흐뭇하게 체크 리스트를 바라보며 내일은 조금 더 분발하자고 다짐했다. 다음 날이면 체크 리스트에 슬며시 한 가지 목표가 더 추가되었다. 과업의 빈도 혹은 강도가 높아질 때도 있었다. 스쿼트 50개에 성공하면 다음 날은 80개가 되고, 2시간 독서에 성공하면 다음 날은 3시간 독서가 목표가 되었다. 허나, 욕심은 끝도 없는 반면 시간과 에너지에는 한계가 있었으므로 나는 결국 실패의 순간을 맞닥뜨릴 수밖에 없었다. 채울 수 없는 독, 가시지 않는 갈증 앞에서 나는 매번 좌절을 맛보았다. '나는 쓰레기야. 어제보다도 못했네. 발전이 없네'. 체크 리스트를 쓰면서 자주 머리를 쥐어뜯었다. 결국 패자가 되는 게임. 체크 리스트의 함정에 빠진 나는, 가까운 곳에 있는 행복을 자꾸만 먼 발치로 밀어냈다.

'프로크루스테스의 침대'라고 불리는 그리스 신화가 있다. 이야기의 주인공인 프로크루스테스는 아테네 교외를 오가던 나그네들을 상대로 나쁜 짓을 일삼곤 했는데, 그의 범행 도구는 특이하게도 침대였다. 프로크루스테스는 나그네를 붙잡아 자신의 침대에 눕혀놓고 나그네의 키가 침대보다 크면 그만큼 잘라내 죽이고, 키가 침대보다 작으면 억지로 잡아 늘어뜨려 죽였다.

아마 나는 그 침대 위에 스스로를 눕혀둔 모양이다. 프로크루스테스 신화와 나의 체크 리스트가 겹쳐 보이니 말이다. 실패하면 실패한 대로 좌절, 성공하면 성공한 대로 끝끝내 좌절이라면, 결국 나는 어떻게든 실패하는 사람이 될 수밖에 없었다.

마음을 좀먹는 체크 리스트 따위는 훌훌 내던지고 즉흥적으로 살고 싶지만, 그럴 수도 없는 노릇이었다. 오롯이 혼자 일하는 프리랜서인 나는 여러 가지 마감을 지키고 하루를 알차게 운용해야 하니까. 나에게는 매일의 과업이 있고, 가닿고 싶은 미래가 있었으니, 목표를 세우고 계획을 점검하는 과정이 꼭 필요했다. 딜레마는 바로 이 지점에서 발생한다. 나를 억지로 잡아 늘어뜨리지 않으면서 성장할 수는 없을까? '어제보다 더 나은 나'라는 목표를 자기혐오 없이 추구할 수는 없을까?

요즘 나는 체크 리스트를 작성하지 않는다. 마감을 지키기 위해 간단히 스케줄 정도만 적어둘 뿐이다. 끝도 없이 할 일을 생각하는 버릇은 여전히 남아있다. 오랫동안 몸에 밴 관성이 한순간에 사라질 리는 없으니까. 다만 삶의 방점을 다른 데 찍으려고 노력한다. 체크 리스트는 그 자체로 목적이 아닌 수단일 뿐이라는 것, 삶의 방점은 하위 목표에 찍어야 하는 게 아니라 그보다 더 상위에 찍어야 한다는 것을 수시로 되뇐다. 그러면 힘이 생기는 것 같다. 닦달하지 않고, 내몰리지 않으면서 한 발짝 더 나가는 힘, 눈앞의 실패에 매몰되지 않는 힘 말이다. 나는 그 힘으로 미래에 닿아보려 한다. 그 미래가 부디 편안하고 찬란하길 바라며.

꼴보의 태세 전환

딱히 자랑거리는 못되지만, 나는 둘째가라면 서러울 만큼 겁이 많다. 이 거친 세상에는 나를 놀라게 하는 게 너무나 많다. 내가 탄 차의 옆구리를 갈아버리겠다는 듯 바짝 붙어 파고드는 버스, 넷플릭스에서 영화를 고르다 불쑥 마주친 공포 영화 포스터, 식당이나 길거리에서 벌컥 큰 소리를 내는 사람들, 세상살이의 험난함을 잊지 말라는 듯 날마다 벌어지는 크고 작은 사건, 사고들 속에 나는 착실히 쫄보의 정체성을 다져왔다. 작은 일에도 기겁하는 내가 신기한지 지인들은 곧잘 물어왔다.

"원래부터 그렇게 겁이 많았어?"

"아니, 내가 원래 이렇게까지 쫄보는 아닌데……."

어렸을 때 나는 정말로 겁이 없었다. 낯선 장소에 혼자 있어도 두렵지 않았고, 새로운 일을 시작할 때도 망설임이 없었다. 그 대담함과 거침없음은 어디로 증발된 걸까? 계기가 될만한 사건이 있었던 것도 아니건만 삶의 방점은 자꾸만 '안전'과 '안정'에 찍혔다. 그 결과 지금은 롯데월드에 가서 비싼 자유이용권을 끊고도 고작 신밧드의 모험이나 타며 꺅꺅거릴 뿐이고(제일 좋아하는 건 퍼레이드 구경이다), 공포 영화라고는 예고편도 못 보는 사람이 되었다. 운전은커녕 자동차 조수석에 앉아도 심장이 쪼그라드니, 주민등록증, 여권과 함께 3대 신분증으로 여겨지는 운전면허증도 따지 못한 게 작금의 실정이다.

겁이 많아진 이유를 묻는다면 '지쳐서 그런다'고 대답하겠다. 나는 외부 자극에 유달리 취약한 편이다. 촉각과 후각, 청각이 특히 예민해 주변이 어수선해지면 쉽게 집중력을 잃는다. 그래서 늘 이상적인 작업 환경 조성을 위해 노력하지만, 쉽지 않다. 예외 없는 바깥세상의 소란 속에서 나는 늘 빠르게 지쳐버리고 만다.

예민한 사람들이 대개 그렇듯, 나는 타인의 감정 신호도 비교적 재빠르게 알아챈다. 여러 사람들 사이에서 감정이 교차할 때면 나는 늘 똥 마려운 강아지마냥 안절부절못한다. 내가 혹시 누군가를 불편하게 만들었나? 미묘하게 팽팽해진 공기를 온몸으로 감지하며 종일 전전긍긍하다 집으로 돌아오면 전쟁터에서 겨우 살아 돌아온 패잔병처럼 녹초가 되고 만다. 단순 비유가 아니라, 나에게 세상은 정말로 전쟁터 같다.

이뿐만이 아니다. 나는 뜻밖의 위험에 노출되었을 때 쉽게 위축되고 좌절한다. 회복 탄력성이 늘어진 팬티 고무줄만도 못하다. 게다가 나에게는 반추적 사고를 하는 버릇도 있으니 그야말로 환장의 조합이 아닐 수 없다. 바깥에서 입은 상처를 온종일 핥고 쥐어뜯으며 덧나게 하는 사람, 누군가 아무 데나 던진 돌멩이를 향해 굳이 굳이 쫓아가서 딱 맞고는 아파죽겠다며 앓아눕는 사람, 없는 상처를 굳이 만들어 병치레를 하는 사람이 바로 나다.

당연히 나도 알고 있다. 나를 괴롭히는 건 늘 나 자신이다. 이토록 다채롭게 자기 자신을 괴롭히는 인간이라니, 질린다 질려. 그래도 어쩐지 외부의 오만 가지 일들이 나를 괴롭히는 것만 같은 기분을 떨칠 수가 없다. 세상의 화살이 모조리 나라는 과녁을 향해 떨어지고 있는 것 같은 기분이다. 내가 과일이라면 조금만 찔려도 누렇게 물러터지고 마는 황도가 아닐까.

어렸을 때는 그 나이 특유의 호기로움과 생기가 나의 민감성을 커버했다. 상처를 회복할 기력도 충분했고, 삶의 지평을 넓혀가는 재미에 지칠 줄 몰랐으니까. 하지만 배터리에도 수명이 있고, 의지력에도 총량이 있는 법. 이제는 에너지가 고갈되었다. 힘이 빠진 나는 강도 높은 쇄국 정책으로 심신을 지켜내야 했다. 낯선 사람은 피한다. 새로운 일은 벌이지 않는다. 위험한 짓은 하지 않는다. 무모한 도전은 하지 않는다 등등. 일상에 부담이 될 만한 요소들을 모조리 제거하는 게 내가 택한 방법이었다. 믿음, 소망, 사랑. 다 좋지만 역시 제일은 안정이니라.

그리하여 나는 극강의 방어력을 갖춘 쫄보 인간으로 거듭났다. '최소 자극! 최소 스트레스!'를 새기고 살다 보니 동네 마실을 가더라도 익숙한 길로만 다녔고, 맨날 똑같은 사람과 어울리게 되었다. 매일 비슷한 식단으로 끼니를 해결하고, 귀에 익은 노래를 익숙하게 따라 부르며 정류장에 도착해, 망설임 없이 같은 번호의 버스에 올라타는 일상이 이어졌다. 익숙한 일터에서 숙련된 업무를 처리한 후 별일 없이 하루를 마쳤다며 안도하는 삶, 스트레스를 최소한으로 유지하고 익숙한 방법으로 그것을 해소하는 삶이 좋았다. 세상 풍파에서 스스로를 지키는 방법을 알고 있는 나는 꽤 괜찮은 어른이었다. 이는 틀린 방법이 아니었다.

하지만 일이 잘 풀렸으면 내가 이 글을 썼을 리 만무하다. 내가 이렇게 구구절절 길게 문장을 늘린 까닭은 뭐가 잘못되어도 한참 잘못되었기 때문이니까. 아이러니하게도 나는 안정된 삶 때문에 새로운 스트레스에 시달려야 했다. 어제가 오늘 같고, 오늘이 작년 같은 뻔한 일상에 점차 갑갑함을 느꼈다. 현재의 삶이 과거의 경험을 넘어서지 못한다는 것은 슬픈 일이었다. 과거의 기억으로 현재를 연명하고 있는 듯했다. 매일 같은 일상을 시계추처럼 오가다 보니 10년 전의 재기 발랄함과 혈기 왕성함이 자꾸만 그리워졌다. 그때 나의 일상 스펙트럼은 얼마나 다채롭고 무한했던가. 따지고 보면 지금 내가 하는 일, 나의 옆에 있는 사람들은 그때 얻은 것들이었다. 20대 때 격렬한 삶의 진폭 속에서 얻어낸 것들이 지금 나의 삶을 유지하는 밑거름이었던 것이다. 그럼 현재의 내가 만들

미래의 나는 어떻게 되는 걸까?

'위생 가설'이라는 이론이 있다. 유아기에 공생미생물 및 기생충 등에 노출된 적이 없는 아이의 경우 면역 체계가 정상적으로 발달하지 않아 알레르기 질환에 걸릴 가능성이 증가한다는 연구이다. "아이를 너무 깨끗하게만 키워도 면역력이 낮아진다"는 어른들의 말은 이 가설에서 비롯된다. 물론 이것은 어디까지나 가설이므로 수많은 이견이 존재하며, 연구가 더 필요한 부분이기도 하다. 다만, 이 가설을 정신의 영역까지 확장할 수 있다면 나는 위생 가설의 손을 들어주고 싶다. '최소 자극! 최소 스트레스!'라는 구호 속에서 나는 오히려 자극에 더 취약한 사람이 되었으니까. 극도로 축소된 삶의 반경에 끼어 이러지도 저러지도 못하는 사이, '숙련성이란 관리된 빈곤화'라는 롤랑 바르트의 말이 나의 옆구리를 찔렀다. 나의 삶의 진폭은 협소했다.

삶이 이분법으로 똑떨어질 리 만무하지만 일반적으로 안정과 권태는 단짝이 되기 쉽다. 도전과 위태로움도 궤를 같이하는 동료다. 내가 오래도록 전자의 동료들과 이인삼각 경기를 벌여왔다면 이제는 다른 동료들과도 발을 맞춰보아야 하는 거 아닐까. 어떤 식으로든 스트레스를 피할 수 없다면, 한 번쯤은 스트레스의 종류를 달리해 보아야겠다는 생각이 든다.

처음으로 '제거'가 아닌 '전환'에 눈을 돌린다. 안정감을 내어주고 경험을 얻는 삶, 효율과 숙련을 내어주고 무지에 대한 깨달음과 성숙을 얻는 삶. 어쩐지 나쁘지 않을 것 같다. 나는 여전히 자극에 취약한 사람이지만 결코 취약함에 숨죽이며 살지 않으리라.

지금부터, 쫄보는 태세를 전환합니다.

프리랜서 복무 신조

"그러길래 일을 좀 적당히 받지 그랬어."

태산처럼 쌓인 업무에 끙끙거리는 나를 보며 L이 안쓰럽다는 듯 말했다. 나는 기어들어 가는 목소리로 "어쩔 수 없었어……"라고 대답하며 깊은 한숨을 내쉬었다. 늦은 주말 밤에도 일에 시달리는 이유는 내가 프리랜서이기 때문이다.

프리랜서의 업무는 유연하고 자유롭다고 알려져 있다. 실로 그렇다. 출퇴근 시간과 업무 장소를 스스로 조율할 수 있고, 과업의 종류나 양도 비교적 자유롭게 선택할 수 있으니까. 하지만 세상만사 일장일단—長—短인 법이다. 프리랜서라는 직업에도 치명적인 단점이 있으니, 바로 수입이 일정하지 않다는 것이다. 불안정한 수입은 나비 효과처럼 연쇄 작용을 일으키며 수많은 애로 사항을 낳는다. 나는 L에게 그 프로세스를 구구절절 늘어놓았다.

수입이 적은 달이 생기면, 통장 잔고가 간당간당해진다. 그러면 마음이 불안하니까 열심히 일거리를 찾게 된다. 빈 수입도 채워야 하고, 혹시 또 올지 모르는 보릿고개에 대비해야 되니까. 세상에 죽으라는 법은 없다고, 그 시기를 견디면 또 조금씩 일이 들어온다. 그럼 나는 그 일들을 몽땅 수락한다. 물 들어올 때 노 저어야 한다는 생각으로 선별이나 고민 없이 무조건적인 수용을 한다. 과업은 당연히 과로로 이어진다. 그래도 죽어라 일만 한다. 내가 저지른 일을 수습하는 것이다. 그렇다고 마감을 어길 수는 없다. 마감은 프리랜서의 생명과 같으니까. 겨우겨우 일을 끝내면 완전히 방전된다. 에너지가 싹 고갈되어 버리면 그대로 나자빠져서 몇 날 며칠을 쉰다. 쉬고, 쉬고, 또 쉰다. 문제는 쉬다 보면 쉰다는 사실이 불안해지는 때가 반드시 찾아온다는 거다. 놀고 있는 스스로가 못마땅하고 초라하게 느껴진다. 와중에 남들은 되게 잘 사는 것만 같다. 다른 유튜브 채널은 구독자도 쑥쑥 늘고, 책도 여러 권씩 쓰고, 유명한 사람과 북토크도 하고, 그 바쁜 와중에 취미 생활도 즐기며 알차게 산다. 그런 모습을 보고 있으면 얄팍하게 우울해진다. 의욕도 없어지고, 몸도 마음도 엉망진창인데 그래도 힘을 내야 한다. 이렇게 있다가는 도태되어 버릴 것 같으니까.

"아무튼 힘들어, 프리랜서."

하소연을 들은 L은 그저 나를 위로해 줄 뿐이었다. 나는 프리랜서의 고단함에 대하여 일장 연설을 한 뒤 남은 맥주를 입에 털어 넣었다. 자정이 넘은 시각이었다. 술도 알딸딸하게 취했고 그대로 잠들면 딱 좋겠지만 그럴 수가 없었다. 나는 주방으로 가 냉수 한 잔을 가지고 방으로 들어왔다. 그리고 다시 컴퓨터 앞에 앉았다. 세 시간은 꼼짝없이 앉아 영상 편집을 해야 할 터였다.

프리랜서로 4년을 사는 동안 부쩍 몸이 상했다. 목과

어깨가 뻐근한가 싶더니 이제는 고개를 돌릴 수도 없을 만큼 아파 병원에 다니고 있다. 몇 주째 주사도 맞고 도수치료도 받고 있는데 좀처럼 나아질 기미가 보이지 않았다. 고단함을 달래려 저녁마다 술을 마셔댔더니 속도 많이 상했다. 위와 식도가 쓰린 건 일상이고, 살도 많이 쪘다. 팔다리는 말랐는데 배만 볼록 나왔다. 건강하지 않은 변화인 게 느껴졌다. 상한 건 몸만이 아니었다. 마음도 무척 지쳤는지 아무 때나 눈물이 터져 나와 당황스러울 때가 많았다. 최근에 울지 않고 보낸 날이 있던가? 나는 눈물, 콧물 빼가며 일을 하고, 코가 꽉 막히고 눈이 팅팅 부은 채 늦은 잠자리에 들었다.

그런데 정말로 죽으라는 법은 없나 보다. 지친 마음에 한 줄기 빛이 되는 문구들을 연달아 만나게 되었다. 이 섬광 같은 가르침들은 모두 길거리에서부터 왔는데, 첫 번째 글귀는 춘천의 한 낡은 호프집에서 발견했다. 통닭이 메인 메뉴인 그 가게의 유리문에는 영업시간을 알리는 글이 쓰여있었다. 전문을 옮겨보자면 이렇다.

〈오픈〉   월~토: 오전 11:00~02:00

            일요일: 오전 12:00~24:00

〈쉬는 날〉   가끔 힘들고 지친 날~^^

매일 일하지만, 가끔 힘들고 지치는 날 쉰다니. 응당 프리랜서가 본받아야 할 자세가 아닌가! 물결표와 웃음 표시까지 완벽했다. 나는 일상에서 만난 그 문장에 감탄하며 이 글을 통째로 주워섬겼다. 유연함 없이는 변수가 많은 프리랜서로 살 수 없건만, 나는 그 사실을 망각하고 있었던 것이다. 일만큼이나 나도 유연해져야 했다.

두 번째 가르침은 인천의 한 공사장에서 발견했다. 한창 뼈대를 올리고 있는 건물의 바깥에는 큼지막한 현수막이 걸려있었고, 거기에는 이렇게 쓰여있었다.

우리 현장에 다쳐가면서까지 해야 할 중요한 일은 없습니다.

그렇지. 다쳐가면서까지 해야 할 중요한 일은 어디에도 없는 거지. 신체와 정신을 상하게 하며 일해서는 안 되는 거지. 주책맞게 당연한 말에 괜스레 눈물이 핑 돌았다. 나는 핸드폰을 꺼내 얼른 사진 한 장을 찍었다. 사진 속 그 슬로건은 이후로 오래도록 나를 위로해 주었다. 나를 소중히 여겨야 내 일도 소중히 여길 수 있었다.

이렇게 나의 복무 신조가 탄생했다.

1. 가끔 힘들고 지치는 날엔 쉰다.

(단, 쉬면서 죄책감을 느끼지 않고 '^^' ←웃음이 포인트)

2. 다쳐가면서까지 해야 할 중요한 일은 없다.

오늘도 마감을 하며 나의 복무 신조를 떠올린다. 불안 정한 수입에 초조해져도, 열등감에 우울해져도, 산더미처럼 쌓인 일거리에 피곤해져도, 나는 이제 곧잘 기운을 차릴 수 있다. 나를 소진하지 않으며 일할 수 있다. 이 말들에 기대어, 나는 프리랜서라는 직업을 조금 더 사랑하게 된 것 같다. 기회가 된다면 다음번에는 L에게 이렇게 말해볼까 싶다.

"좋아, 프리랜서로 사는 거."

3부

인간이 아닌 존재

긴장감 제로의 놀이

그려 지던 「나는 풍요로웠고, 지구는 달라졌다」

늦은 밤, 집으로 돌아오는 버스에 몸을 실었다. 고된 하루를 보낸 후라 심신이 지쳐 책을 펼칠 의욕도, 음악을 골라 들을 여력도 없었다. 차내에 달린 티브이로 송출되는 영상을 멍하니 보고만 있는데, 여행 콘텐츠가 나왔다. 겨울철 레저 활동으로 산천어 낚시를 소개 중이었다. 화면 속 사람들은 색색의 플라스틱 낚싯대를 들고 얼음판 위에서 손을 휘젓고 있었다. 낚싯줄 끝에는 반짝이는 가짜 물고기가 달려있었는데, 더러는 진짜 지렁이나 새우 조각을 미끼로 사용하기도 했다. 산천어가 미끼를 물자 사람들은 일제히 환호했고, 곧이어 내레이터의 익살스러운 목소리가 이어졌다.

"한 끼 식사를 거부할 재간이 없는 거죠."

연달아 물고기가 낚여 올라오자 사람들의 얼굴에 흥분이 더해져 갔다. 얼음 구멍에 낚싯대를 드리우기만 하면 되니 간단했다. 산천어 입언저리에 박힌 바늘을 빼고 빈 통에 옮겨 담느라 분주한 사람들의 모습 위로 다음과 같은 자막이 달린다.

'긴장감 제로의 놀이!'

티브이를 보던 나의 마음은 약간 서늘해졌다. 이 한기의 출처를 제대로 추적할 겨를도 없이 다음 영상이 재생되었고, 어느새 화면 가득 귀여운 고양이들이 나타났다. 각기 다른 생김새의 고양이들이 폴짝폴짝 뛰어가며 장난감을 쫓고 있었다. 공교롭게도 고양이들의 장난감도 낚싯대였다. 반짝이는 비닐 꼬리가 달린 낚싯대. 이 낚싯대와 그 낚싯대의 괴리에 나는 잠깐 아찔해졌다. 잠깐 사이에 몇 배로 피곤해진 나는 눈을 감고 불편한 자세로 버스에 기대어 잠들었다.

나도 낚시를 한 적이 있다. 화면 속의 그들처럼 두꺼운 파카를 껴입고 곳곳에 뚫린 얼음 구멍 속으로 연신 낚싯바늘을 떨어트렸다. 실력이 꽝이었는지 운이 없었는지 나의 낚싯대는 오래도록 고요하기만 했다. 빙판 위에서 서너 시간을 보내는 동안 손과 발이 꽁꽁 얼었다. 허탕이구나 하고 슬슬 돌아가려던 찰나, 산천어 한 마리가 미끼를 물었다. 손끝에 걸리는 무게감에 놀란 나는 낚싯대를 급히 들어 올렸고, 산천어는 잠시 날아올라 하늘을 가르고는 툭 빙판 위로 떨어졌다. 우리 일행이 "우와!" 하고 환호성을 내지르는 동안 산천어가 퍼덕거리며 빙판 위로 옅은 핏물을 흩뿌렸다. 가려는 발걸음을 붙잡듯, 이후로도 두어 마리의 산천어가 더 딸려 나왔다. 우리는 잡은 물고기들을 구워 저녁 식사를 해결하고 집으로 향했다.

이 모든 과정이 순조롭고 수월했다. 빙판은 안전한 두께로 꽝꽝 얼어있었고, 구멍은 일정한 간격을 두고 예쁘게 뚫려 있었으며, 5,000원만 주면 낚싯대 하나를 종일 대여할 수 있었다. 낚은 물고기는 대형 텐트 안에 차려진 간이식당에 전해주기만 하면 됐다. 인당 1만 원이면 노릇노릇하게 구워진 생선과 함께 갖은 양념장, 채소, 뜨끈한 홍합탕과 한 줌의 소라고둥까지, 그야말로 풍성한 한 끼 식사가 뚝딱 차려져 나왔다. 잔인해지기란 얼마나 쉬운가. 아마도 끔찍했을, 생략된 번거로운 절차들이 나를 무심하게 만들었다.

어느 저녁엔가 무심코 들여다보던 티브이에서 한 백인 남자가 원시 부족의 삶을 체험하는 다큐멘터리를 보았다. 남자는 진흙을 개어 만든 붉은 물감으로 온몸에 그림을 그린 채, 모닥불에서 춤을 추며 원시 부족과 첫인사를 나눈다. 다음 날 잠에서 깬 남자는 한 무리를 따라 정글로 향하고, 부족원들은 직접 만든 도구를 이용해 동물 한 마리를 잡는 데 성공한다. 그들은 잡은 동물을 둘러업고 다시 멀고 먼 길을 걸어 마을로 향한다. 백인 남자는 내내 우왕좌왕하며 그들의 뒤쫓기 바쁘다. 기진맥진해진 남자의 몸은 풀에 긁히고 벌레에 물려 벌겋게 부어올라 있다. 마을로 돌아온 부족 사람들은 날카로운 도구로 동물의 뼈와 내장, 살을 분리한다. 다른 한편에서는 구덩이를 파고 불을 지피느라 분주하다. 한참이 지나자 회색 연기가 모락모락 피어오르며 음식이 완성된다. 남자는 부르튼 손으로 잘 익은 고기 한 덩이를 받아 호호 불어 입에 넣는다. 살 한 점 놓칠세라 꾀죄죄한 열 손가락을 열심히 빨던 그는 이렇게 말한다.

"고기를 먹을 때마다 이렇게 힘들면 채식주의자가 훨씬 많을 수도 있겠어요."

나는 맥주를 크게 한 모금 마시고 고개를 끄덕였다. 비어버린 맥주캔을 구겨 재활용품 쓰레기통에 던졌다. 쓰레기통 안에는 페퍼로니 피자 박스와 제육볶음을 포장했던 플라스틱 케이스 따위가 쌓여 있었다. 간편하게 고기를 먹고 쓰레기를 만드는 삶을 증명하듯이.

최근 몇 년간, 나는 서툴게나마 비건 지향인으로 살고 있다. 이 정체성을 단단히 세우기 위해서는 내가 먹고 쓰는 것들이 누구의 손을 빌리고 있는지, 나의 삶이 어디에 빚지고 있는지를 매 순간 인식해야 했다. 의탁의 속사정을 알게 되면 심신이 불편해지기 마련이지만, 기꺼이 불편해져야만 했다. 그러나 손쉽게 살아오던 삶의 관성 앞에서 나는 자꾸 고꾸라지고 무너졌다. 게으름에 지고, 식욕에 지고, 무사태평함에 졌다. 편의에 따라 꽤 많이 고기를 먹었으며, 동물 실험이 수반되었을 브랜드의 화장품의 사용을 완전히 끊지 못했고, 무심코 소가죽 가방을 장바구니에 담았다.

시인 김이듬이 말한다.

"너를 이용하여 가만히 편리해도 되는지
내 모든 의욕들을 깨뜨리고 싶다"

(「게릴라성 호우」)°

나는 정말로 모든 것들을 깨뜨리고 싶었다. 이 간편함
을. 이 신속함을.

°   김이듬, 『표류하는 흑발』 민음사, 2017, p.21.

내벽 듣기

김한민 『아무튼, 비건』

그래서 현재 나의 비건 지향 생활은 안녕하냐고? 솔직히 말하자면 전혀 그렇지 않다. 나는 요즘도 자주 고기를 먹는다. '자꾸 이러면 안 되는데……' 하는 마음이 어느새 '치팅데이°라고 생각하고 딱 한 번만!'으로 바뀐다. 육식을 하고 나면 죄스럽고 찝찝할 걸 알면서도 자꾸만 식욕에 져버린다. 도대체 왜 이렇게 입맛이 고쳐지지 않을까. 부족함은 이뿐만이 아니다. 플라스틱과 생활 쓰레기를 무수히 내놓으면서도 분류법은 늘 헷갈리기만 하다. 매달 부담이 안 되는 선에서 동물 보호 단체에 기부하고는 있지만, 나의 돈이 어떻게 쓰이는지까지는 제대로 확인하지 않는다. 공원에서 길고양이를 마주치면 반갑고, 돌봄의 흔적을 찾게 되면 기쁘지만, 캣맘이 되어본 적은 없다. 그저 아주 가끔 그들의 귀여움을 누리려 간식을 건넸을 뿐. 동물 학대 기사를 보고 극도로 분노하며 처벌 강화 서명에 동참했지만, 그 이상의 행동으로 이어가지는 않았다. 어째서 나의 분노와 연민은 가장 손쉬운 방법으로만 발현되는 걸까? 간편을 피해 또 다른 간편으로 도망

○   치팅데이(Cheating Day): 다이어트 기간에 먹고 싶은 것을 참다가, 일정 시기마다 1회 정도 먹고 싶은 음식을 섭취하는 것을 말한다. 우리말 대체어로 '먹요일'이 있다.

왔음에 지나지 않았다. 나는 여전히 뒷짐을 지고 방관하고 있었다.

자의로 안 되면 타의로라도 마음을 붙잡고 싶었다. 일부러 내가 추구하고자 하는 바를 여러 군데 소문을 냈다.

"여러분, 저 고기 안 먹어요."

"동물 실험 브랜드 안 써요."

"가죽이나 모피 소비 안 해요."

이렇게 동네방네 떠들어 놓으면 보는 눈이 있어서라도 자제하지 않을까 하는 심산이었다. 소식을 들은 지인들은 나의 건강을 걱정해 주기도 하고(고기 안 먹고 기력 딸려서 어떻게 해), 조심스레 이유를 묻기도 했으며(왜 안 먹는 거야? 혹시 무슨 충격 같은 거 받았어?), 나와는 다른 이유로 동조의 의사를 밝히기도 했다(그거 하면 살 빠질 것 같은데 나도 할까?). 다행스럽게도 나의 비건 지향 생활을 지지해 주는 사람이 많았는데, 그들의 가만한 응원이 나에게는 큰 힘이 되었다.

H는 팔라펠과 후무스가 맛있다는 식당에 나를 데려가 주며 흔쾌히 말했다.

"이럴 때 나도 비건 요리 한번 먹어보는 거지. 새로워서 좋아요."

저녁 식사 시간을 앞두고 만난 J는 배가 고파 죽겠다면

서도, 기어이 몇십 분이나 헤매어 채식 메뉴를 파는 식당을 찾아주었다. 미안한 마음에 오늘은 그냥 아무거나 먹자고 말했지만, J는 꿋꿋했다.

"아니야, 그래도……."

J가 분주히 인터넷 검색을 해준 덕분에 나는 늘 육식을 피할 수 있었다. 20년 지기 친구들은 집들이 요리를 할 때마다 나를 위한 요리를 따로 준비해 주곤 했다. 짭짤한 은행 볶음, 떡볶이, 김치전, 싱싱한 채소가 듬뿍 들어간 샐러드 같은 요리들을 말이다. 나는 자주 고꾸라졌고 늘 부족했지만, 그들이 손을 보태준 덕분에 여러 번 고비를 넘기고 든든해졌다. 그들이 나의 마음과 의지를 나눠 들었다.

유명한 미국 시트콤 〈프렌즈〉에는 이런 에피소드가 나온다. 주인공 중 한 명인 피비는 열렬한 환경 보호주의자이자 비건 지향인이다. 피비는 이런저런 사연 끝에 세쌍둥이를 임신하게 되는데, 여기서 심각한 문제가 하나 생긴다. 갑자기 고기가 못 견디게 먹고 싶어진 것이다! 그는 냉장고에 있는 고기와 샌드위치 속의 햄을 보며 군침을 흘림과 동시에 커다란 죄책감을 느낀다.

"어쩔 수가 없어. 고기를 먹어야겠어. 아기가 고기가 먹고 싶대."

견디다 못해 피비는 이렇게 선언하지만, 육식을 한다는 사실에 못내 괴로워한다.

"희생이 너무 커. 임신 기간 동안 수없이 많은 고기를 먹어 치우게 될 거야."

이때, 울상이 된 피비를 달래며 친구 조이가 말한다.

"그럼 내가 널 위해 고기를 줄일게. 아기가 태어날 때까지 내가 고기를 끊는 거야!"

내가 열렬히 좋아하는 장면이 아닐 수 없다. 맛있는 음식이라면 사족을 못 쓰는 조이가 선뜻 피비를 위해 나서 줌으로써 피비는 마음의 짐을 덜고 건강하게 세 아이를 출산한다.

혹자는 이렇게 비난할지도 모른다. '비건 지향인인 피비가 고기를 먹었잖아. 조이가 채식주의자가 된 것도 아니고'. 하지만 나에게는 이들이 나눈 우정과 지원이 무엇보다 멋져 보였다. 완벽한 혼자보다 더 좋은 것은 불완전하지만 각자의 방법으로 힘을 보태려는 여러 명의 마음이다.

정치학자 에리카 체노웨스는 비폭력적 저항을 하는 인구의 3.5%로도 기존 시스템을 바꿀 수 있다는 연구 결과를 내놓은 적이 있다. 모르긴 몰라도, 이 3.5% 인구의 주변에는 그들을 지지하고 존중해 준 인구가 한 10% 정도는 있지 않았을까? 그런 상상을 하니 어쩐지 마음이 한껏 고무된다. 더디지만 반드시 나아질 것만 같다는 기분 좋은 예감이 든다. 나는 혼자가 아니기에, 해낼 수 있을 것이다. 더 나은 내일을 만나게 될 것이다.

작은 것들의 신

동물의 사체는 폐기물로 처리된다. 나는 그것을 10년 전, 동물 병원에서 근무할 때 알게 되었다. 그곳은 병원과 펫 숍이 합쳐진 형태로, 도매업자로부터 강아지를 들여와 판매하는 동시에 예방 접종과 수술 등의 병원 업무를 병행하는 곳이었다. 오전 파트 타이머로 근무하던 내가 병원에 출근해 가장 먼저 하는 일은 밤새 죽은 동물이 있는지 확인하는 것이었다. 매일 아침, 숨을 죽이며 열 개 남짓의 진열장을 한 칸 한 칸 들여다보던 순간의 감각이 여전히 생생하다. 무지개다리를 건넌 아이가 없을 때는 모든 게 평화로웠다. 지난밤을 무탈하게 살아낸 아이들이 그 작은 입으로 하품을 쏟아낼 때, 삑삑 울어대며 밥을 찾을 때, 나는 고요히 솟아오른 감동에 휩싸였다. 그러나 모든 병원이 그러하듯, 동물 병원 또한 죽음이 밥 먹듯이 찾아오는 곳이었다. 평온함은 언제나 오래가지 않았다.

　처음으로 죽은 강아지를 본 건 근무한 지 2주쯤 지났을 무렵이었다. 밤새 캄캄했던 병원의 조명이 탁 켜지고 인기척이 들리면, 제아무리 깊게 잠들어 있던 동물이라도 얼른 진열장 앞으로 달려 나오기 마련이었다. 그러나 그 아이는 제 몸보다도 큰 밥그릇 옆에 다리를 쭉 뻗고 누운 채로 미동이 없었다. 죽은 몸은 잠든 듯 보일지언정 완전히 다르다는 사실을 그때 깨달았다. 구태여 만져보지 않아도 아주 견고하게 굳어있음이 느껴졌다. 그것은 뭐라 말로 설명할 수 없는 종류의 직감이었다. 조심스레 손을 뻗어 손끝을 그 몸에 대보니 숨이 턱 막힐 정도로 이질적인 단단함이 느껴졌다. 맥락 없이 돌출한 죽음에 당황한 나는, 위생 장갑을 끼고 그 작은 몸을 가만히 들어 올려 진료대 위에 옮겨 두었다.

"밤사이에 강아지가 죽었어요."

출근 전이었던 원장에게 전화를 걸어 말하자, 그는 그럴 줄 알았노라며 혀를 찼다.

"비닐봉지에 담아서 냉동실에 넣어두세요. 폐기물 버리는 날 내놓아야 하니까."

나는 전화를 끊고 강아지를 눕혀놓은 진료대 앞으로 돌아갔다. 죽어서 굳은 몸을 한참이나 내려다보았다. 그 작은 아이를 비닐봉지에 담아 냉동실에 넣어야 했다. 언제 넣어두었는지도 모를, 먹다 남은 음식과 아이스크림이 들어있는 냉동실에. 그 모든 절차는 너무 무심해서 폭력적이었다. 나는 강아지의 하얀 털을 오래오래 쓸어주었다. 무른 변과 색종이가 엉겨 붙은 마른 궁둥이를, 얼마 전 나의 손으로 발톱을 깎이고 잔털을 정리한 네 개의 작은 발을 하염없이 쓰다듬었다. 일회용 패드를 수의 삼아 강아지를 곱게 감싸고, 편히 누운 자세 그대로 봉투에 담아 냉동실에 넣었다.

그리고 오랫동안 손을 씻었다. 강아지가 머물던 진열장을 독한 락스 물로 닦아냈고, 또 한 번 오랫동안 손을 씻었다. 다른 강아지들에게 병을 옮기지 않으려면 죽은 강아지의 흔적을 말끔히 치우고 소독해야 했다. 집요하게 흔적을 씻어내고 지워내는 내내 갈비뼈 안쪽에서 뭉근한 통증이 일었다.

그 후로도 몇 번이고 강아지들이 죽어 나갔다. 파보 장염 같은 치명적인 전염병이 돌기라도 하면, 하루에도 두세 마리의 강아지들이 한꺼번에 무지개다리를 건넜다. 까무러치는 강아지의 주둥이를 벌려 설탕물을 흘려 넣어 보아도, 작고 마른 다리를 헤집어 수액을 꽂아 보아도 강아지들은 자꾸만 죽었다. 살지 못하고 죽었다. 죽고, 새로 들어와 또 죽었다. 강아지들의 사체를 치우고 진열장을 소독하고 있다 보면, 도매업자에게서 구매해 온 새 강아지들이 박스 속에 담겨 줄줄이 입장을 기다리고 있었다. 독한 소독약 냄새가 아직 가시지도 않은 진열장에 색종이를 깔고 강아지를 넣는 일을 반복했다.

차마 마음 쏟을 틈도 없이, 눈에 담고 보살필 틈도 없이 죽음이 나의 앞으로 밀려들었다. 죽은 몸들을 몇 번이고 쓰다듬으며 나는 작은 소리로 말하곤 했다. 기왕 태어난 거 오래 잘 살지. 좋은 집에 가서 신나게 잘 살다가 가지.

기왕 태어난 건데. 이런 말들을 중얼거릴 때의 나의 목소리는 일종의 간절한 기도였으나 역시 무기력했다. 냉동실이 차고 비워지기를 반복하다 한 해가 더 흘렀을 때, 나는 동물 병원을 그만두었다.

10년이 지난 지금도 나는 가끔 생각한다. 두어 달을 살다가 폐기물이 되는 몸들에 대해서. 가로세로 세 뼘짜리 진열장에서 고작 몇 번의 낮과 밤을 보내다 사라지는 작은 생명의 의미에 대해서. 그렇게 작은데도 도무지 지켜줄 수 없었던 것들에 대해서. 아무리 애써보아도 어쩔 도리가 없었던 존재에 대해서.

죽은 것들의 사연도 못 견디게 안타깝건만 산 것들의 사연이라고 더 나을 것이 없었다. 뜬 장에 갇혀 주구장창 새끼를 낳다가 끝내 식용으로 팔려나가는 동물들, 24시간 불이 꺼지지 않는 펫 숍에서 창문을 두드리는 거친 소리에 깜짝 놀라 깨는 젖먹이 새끼들, 영문도 모른 채 맞고 치이고 찢겨져 죽는 존재들, 그런 존재들을 나는 수도 없이 떠올린다.

그들에게도 신이 있을까? 답도 없는 물음에 원망만 잔뜩 끼인다. 그들에게 도래할 신을 언제까지고 기다리고 있을 수만은 없으니, 서로가 서로에게 작은 신이 되어주어야만 할 것 같다. 그러기 위해서는 슬픔이 선행되어야

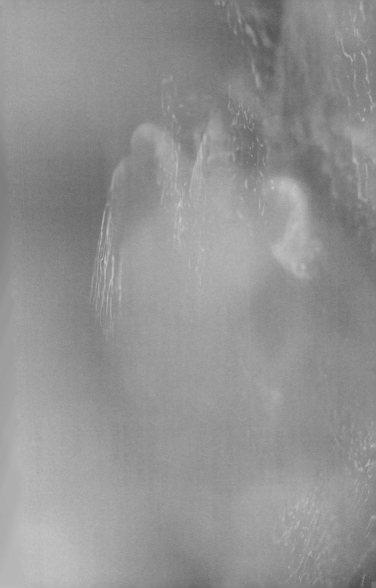

공백의 책장

우리는 지구생활자
「향로를 떠오르며, 로빈 윌 키머러」
「잎으로 올 사랑, 정혜윤」
「살리는 일, 박소영」
「연애 소설 읽는 노인, 루이스 세풀베다」
「침묵의 봄, 레이철 카슨」
「긴긴밤, 루리」

역사의 단면
「청록, 앤드 슈바쿠」
「이것이 인간인가, 프리모 레비」
「숨그네, 헤르타 뮐러」
「책 읽어주는 남자, 베른하르트 슐링크」
「전쟁은 여자의 얼굴을 하지 않았다, 스베틀라나 알렉시예비치」

함께 산다는 것
「부모와 다른 아이들, 앤드루 솔로몬」
「아동의 속도, 엘리자베스 문」
「빗방울처럼, 유은우」
「있지만 없는 아이들, 은유」
「노동자, 쓰러지다, 희정」
「사람, 장소, 환대, 김현경」

다가올 내일
「나를 보내지 마, 가즈오 이시구로」
「침세 4515, 레이 브래드버리」
「종이 동물원, 켄 리우」
「마션 아담 3부작, 마거릿 애트우드」
「멋진 신세계, 올더스 헉슬리」
「어둠의 왼손, 어슐러 K 르 귄」

사랑
「단순한 열정, 아니 에르노」
「타인니아의 연인들, 마르그리트 뒤라스」
「매혹의 시도, 프랑수아즈 사강」
「슬픈 이야기, 다니자키 준이치로」
「그리움의 정원에서, 크리스티앙 보뱅」

시대의 통찰계
「달까지 가자, 장류진」
「백행운, 김애란」
「산 자들, 장강명」
「말은 밤, 최은영」
「소년이 온다, 한강」

정록를 넘나드는
「빨강의 자서전, 앤 카슨」
「누군지 장기, 미즈 헤이마」
「5가 X데거, 준 바가」

멋진 여성들
「카르페, 매튜린 멀러」
「허랜드, 샬럿 퍼킨스」
「목구멍, 케블라이드 내」
「설문 비평, 데버라 리비」

읽고 쓰는 인생
「글쓰는 공무원, 신형철」
「한국의 그림책 작가들에게 묻다, 최혜진」
「소설, 제임스 미치너」

숨 막히는 아름다움
「모로코 기차, 정유진」
「시와 산책, 한정원」
「그림인 조르바, 니코스 카잔차키스」
「빈다카마, 문영희」

한다. 식물학자 로빈 월 키머러는 『향모를 땋으며』에서 슬픔을 씻어낼 바에는 입는 것이 낫다고 썼다. 외면하지 말고 기어이 오래 슬퍼하라는 의미라고 나는 해석한다.

우리는 계속해서 상처의 기슭을 거닐어야 한다. 그럴 때 우리는 대부분의 시간을 울거나 울음을 참으며 버텨야 할지도 모르지만, 나는 기꺼이 울면서 길을 찾는 사람이 되고 싶다.

기와 불사

팬데믹을 목전에 두고도 그 심각함을 예상하지 못했던 2020년 1월 1일, 새해 해돋이를 보러 동해에 갔다. 어슴푸레한 바다를 앞에 두고 선 사람들은 첫해를 맞이할 생각에 흥분해 있었고, 밤새 차를 달려온 이가 으레 그렇듯 약간 꾀죄죄한 모습들이었다. 새해 첫날 아침이나 둘째 날 아침이나 그게 그거라고 생각하는 나조차 가슴이 두근거릴 정도로 온 해변이 설렘으로 일렁이고 있었다. 까치발로 선 채 저 먼 바다를 응시하는 동안, 두꺼운 파카를 껴입은 나의 품에는 반려견 둔둔이가 폭 안겨있었다. 둔둔이로서는 처음 맞는 해돋이였다. 둔둔이가 새해의 의미를 알 리는 없겠지만, 특별한 순간에 함께 있다는 사실만으로도 나는 괜스레 마음이 벅차올랐다.

이윽고 해가 떠오르고 사람들의 얼굴이 찬란한 주황색으로 물들었다.

"새해 복 많이 받으세요!"

여기저기서 서로의 신년을 축복해 주는 인사가 터져 나왔다. 이 순간을 기다렸다는 듯 흥겨운 음악이 울려 퍼졌고 오색찬란한 폭죽이 말간 하늘을 가르며 날아올랐다. 오, 해돋이라는 거 되게 신나는 거구나! 나는 밤새 쌓인 피로가 싹 가시는 기분을 느끼며 해돋이의 흥취를 만끽했다.

해가 완전히 떠오르고 나서야 축제의 열기가 사그라들었다. 사람들은 이내 뿔뿔이 흩어지기 시작했다. 삼삼오오 무리를 지은 사람들이 차로, 식당으로 저마다의 발걸음을 옮기는 사이 우리 가족은 근처에 있는 절로 향했다. 평소에는 고적했을 작은 사찰 역시 사람들로 북적거리고 있었다. 그중에서도 특히 인파가 몰린 곳이 있어 가까이 가보니 기와 불사佛事˚를 하고 있다. 새해인 만큼 나 또한 그냥 지나칠 수 없었다. 기왓장을 구매한 후 화이트 마카를 찰칵찰칵 흔들어 소원 성취, 건강 기원 등의 소원을 적어 넣고 가족들의 이름과 생년월일을 써넣었다. 마지막으로 둔둔이의 이름을 적으려는데, 기와를 팔던 분이 기왓장을 낚아채듯 빼앗아 갔다.

"어? 우리 강아지 이름 아직 못 썼는데……."

내가 손을 뻗으며 웅얼거리자 그는 나의 기왓장을 얼른 뒤쪽으로 치우며 말했다.

"안 돼! 장난이 아니에요, 이게."

나는 어벙하게 서있다가 차례를 기다리던 뒷사람에게

˚ 기와 불사: 기와를 구매해 소원을 적어 넣으면 사찰에서는 이 기와를 사용해 지붕 등의 건물 축조에 활용한다. 그리하여 오래도록 기와를 보존하여 부처의 보살핌을 전한다는 의미다.

화이트 마카를 넘겨주고 말았다. 몇 발자국 못 가 뒤늦게 분통이 터졌다. 당장이라도 돌아가 따지고 싶었다.

'뭐가 장난이라는 거죠? 나도 장난이 아닙니다! 둔둔이의 행복도 장난이 아니란 말입니다!'

왜 진즉 말하지 못한 걸까. 왜 기왓장을 다시 달라고 하지 못했을까. 절을 구경하는 내내 성난 콧김이 씩씩 뿜어져 나왔다. 거칠어진 걸음 때문에 흙먼지를 뒤집어쓴 운동화가 나의 마음만큼이나 탁해졌다.

시내와 바다를 한눈에 내려다보는 거대한 해수관음상 앞에서 나는 기왓장에 쓰지 못한 소원을 빌었다. 둔둔이뿐만 아니라 이 세상의 모든 강아지, 모든 산짐승, 들짐승, 날짐승, 물짐승, 나무와 이끼 하나하나를 위해서 기도했다. 기와에 적지 못한 축복을 사방 곳곳에 전달하겠다는 마음으로 그 어느 때보다 열렬하게 소원을 빌었다.

집으로 돌아오는 길에는 피곤해서 눈이 절로 감겼다. 졸음에 취해 몽롱해진 상태로 나는 생각했다. 축복하는 일에는 돈도 안 드는데, 소원을 빌 때조차 쩨쩨해지려는 사람 심보는 무엇일까. 축복에도 급을 나누고 선을 긋는 마음은 뭘까. 가족의 영역을 누가 정해서 나누는 것이지. 나는 언제나 나의 반려견 둔둔이가 행복해지기를 간절히 바랐는데 말이다.

작고한 일본의 동화 작가 사노 요코는 말했다.

"구두쇠가 싫은 이유는 쩨쩨함이 전염되기 때문이다."○

나는 쩨쩨함에 전염되고 싶지 않았다. 축복에 쩨쩨해지고 싶지 않았다. 다행스럽게도, 나에게는 이 인색한 기억에 대항할 만한 추억이 있었다.

2018년 봄, 나는 퇴직금을 몽땅 털어 보름간의 유럽 여행을 떠났다. 독일과 오스트리아를 거쳐 프라하에 도착한 나는 첫 목적지인 카를교로 향했다. 과연 소문대로 북적북적한 곳이었다. 수많은 인파가 몰려 발 디딜 틈 없는 가운데서도 '얀 네포무츠키Jan Nepomucký' 성인의 조각상 앞에 유독 많은 사람이 모여있었다. 그와 관련된 일화를 간단히 소개해 보자면 이렇다.

체코 서부 지역 보헤미아의 국왕이자 로마의 왕이었던 바츨라프 4세는 왕비가 불륜을 저지르고 있다고 의심한다. 그는 왕비가 고해성사했다는 소식을 전해 듣고 왕비의 고해 신부였던 얀 네포무츠키를 잡아 와 심문한다.

"왕비가 뭐라고 고해했느냐! 혹시 불륜을 고백하지는 않더냐?"

○ 사노 요코. 『죽는 게 뭐라고』. 역자 이지수. 마음산책, 2015, p.41.

고된 고문에도 끝끝내 고해의 비밀을 지키려던 얀 네포무츠키는 결국 바츨라프 4세에 의해 혀가 뽑힌 채 블타바강에 던져진다. 그의 시신은 한참이 지나도 떠오르지 않다가, 한 달 뒤 살아생전 모습 그대로 강 위에 떠 오른다. 머리에는 황홀하게 빛나는 다섯 개의 별을 달고서. 이후 그는 성인으로 추대되어 성비투스 대성당에 안치된다. 비방을 받은 자들의 성인, 홍수를 겪은 자들의 성인인 그는 프라하에서 가장 사랑받는 인물 중 하나로 여겨진다.

얀 네포무츠키 동상의 발밑에는 위의 일화가 동판으로 주조되어 있는데, 이 동판에는 여러 가지 전설이 깃들어 있다. 동판 속 얀 네포무츠키를 만지면 소원이 이루어지고, 왕비를 만지면 프라하에 다시 돌아올 수 있다고 전한다. 그중 가장 귀여운 것은 바츨라프 4세 발치에 있는 개와 관련된 이야기이다. 전설에 따르면, 그 개를 만지면 무려 반려견의 소원이 이루어진다고 한다!

동판을 만지기 위해 줄 서있는 사람들의 모습은 너 나 할 것 없이 행복해 보였다. 사람들은 개를 쓰다듬으며 한참이나 기도를 중얼거리기도 하고, 반려견을 품에 안은 채 함께 동판을 만지기도 했다. 반려견의 행복을 빌어주는 사람들의 얼굴은 즐거움과 그리움으로 가득 차 있었다.

동판을 만지기 위해 나 역시 오랫동안 줄을 섰다. 한참이 지나서야 만져본 개의 동판은 사람들의 손길로 따뜻하게 데워져 있었다. 하도 사람들의 손을 타 반질반질해진 개를 쓰다듬으며, 나도 반려견의 행복을 빌었다. 유럽 여행 중 가장 행복했던 순간이자, 오래도록 기억에 남을 사랑스러운 염원의 순간이었다.

상반된 두 경험을 꺼내 쓰고 있는 오늘 밤에는 보름달이 둥글게 떴다. 나는 해수관음상 아래서 빌었던 소원을 다시금 되뇐다. 이 세상의 모든 산짐승, 들짐승, 날짐승, 물짐승, 나무와 이끼 하나하나가 행복하기를. 역시, 기도는 품 넓게 해야 제맛이다. 쩨쩨하게 굴 필요 없다.

미워하기 좋다고 미워하나요?

조지 오웰의 소설 『1984』의 말미에서, 윈스턴은 쥐가 들어있는 상자를 앞에 두고 자신의 사상과 사랑을 번복한다. 쥐가 그에겐 고문보다 더 무서운 존재였기 때문이다. 혹시 윈스턴이 아니라 나를 고문하고 싶은 사람이 있다면 이렇게 말하면 된다.

"여기 개구리가 든 상자가 있어!"

나는 개구리를 끔찍하게 무서워한다. 겨울잠 자던 개구리가 깨어난다는 경칩 전후나 온 동네 개구리가 일제히 울어대는 장마철이 되면 공원 산책을 중단해야 할 정도다. 어렴풋이 떠올려 보기만 해도 소름이 돋고 심장이 빨리 뛴다.

개구리와 관련해 잊히지 않는 순간이 있다. 대체로 맨송맨송하고 흐리멍덩한 학창 시절을 보냈기에 특별히 남은 기억이 많지 않은데, 이상하게도 그 순간만은 또렷하게 각인되어 있다. 이야기는 중학교 시절, 과학 시간으로 거슬러 올라간다. 그날 나는 생물 수업을 듣기 위해 과학실로 이동한 참이었다. 따로 떨어진 교실 특유의 서늘함과 정체를 알 수 없는 약품 냄새가 나는 공간이었다. 네모난 실험 테이블에 조별로 모여 앉은 중학생들은 참새처럼 떠들었고, 선생님은 소란스러움을 꾹 참아가며 수업을 이어나갔다. 그날의 수업 주제는 생물들의 생존 방법이었다. 체온 조절이나 보호색, 몸에서 내뿜는 액체나 냄새 같은 것들 말이다. 여러 생물을 살펴보다 이윽고 개구리를 관찰할 차례가 되었다. 선생님은 커다란 PPT 화면에 개구리의 고화질 사진을 띄워 주었다.

"어우 징그러워요!"

"소름 돋아! 토 나와요!"

개구리 사진을 본 즉시 아이들은 험한 말들을 퍼부으며 낄낄댔다. 청소년들의 잔인함이란. 소란은 걷잡을 수 없이 커졌고 선생님은 결국 폭발하고 말았다. 중간고사가 얼마 남지 않아 수업 진도를 하루빨리 메꿔야 하는 상황이었지만, 선생님은 기꺼이 학생들을 꾸짖는데 시간을 할애했다. 우리는 한참 동안 엄한 꾸중을 들어야 했다. '이제 슬슬 그만하시려나' 싶던 찰나, 선생님이 갑자기 울분에 받친 듯 이렇게 소리쳤다.

"뭐가 징그럽고 뭐가 토 나와? 개구리 피부가 너희보다 훨씬 매끈하고 고와! 얘네 목소리가 더 듣기 좋고 더 사랑스러워!"

그 이후로도 선생님은 쉽게 분을 가라앉히지 못했다. 생물 수업은 예정보다 10여 분 일찍 끝났다. 철없는 우리는 그저 좋아서 교실로, 매점으로 우르르 뛰쳐나갔다. 화난 얼굴로 생물실 한편을 노려보고 앉은 선생님을 무심히 지나쳐서. 당시 나는 이런 생각이나 할 뿐이었다.

'별걸로 화를 다 내네.'

기억은 여기서 끝이 난다. 지금 와서 돌이켜 보아도 그저 그런 순간인데, 어쩐지 시간이 지나도 선생님의 그 새된 목소리가 잊히질 않아 신기할 따름이다. 어쨌든 그로부터 대략 20년이 흘렀고, 선생님의 호통과는 별개로 나는 개구리를 무서워하는 어른으로 자랐다.

'내가 제일 무서워하는 것=개구리'라는, 십수 년간 단단히 굳혀진 공식에 변화의 바람이 분 것은 비교적 최근의 일이다. 이 세상에는 양서류를 위해 기꺼이 손발을 걷어붙이는 사람들도 있음을 알게 된 것이 계기였다.

로빈 월 키머러의 책 『향모를 땋으며』에는 다음과 같은 에피소드가 등장한다. 어느 야심한 밤, 손전등과 뜰채를 든 한 무리의 사람들이 인적 드문 도로로 향한다. 이들은 무슨 일인가를 열심히 하기 시작하는데, 바로 양서류들의 안전한 이동을 돕는 중이다. 양서류는 교미 시기가 되면 물이 고인 곳으로 이동하는데, 이 과정에서 도로를 건너다 죽음을 맞는 경우가 많았다. 이들을 무사히 길 건너편으로 옮겨주는 것이 무리의 목적이다. 말하자면 양서류 계의 녹색 어머니회랄까. 그들의 손을 빌려 수많은 생명이 무사히 교미하고 산란한다.

이 에피소드를 읽은 후 나는 생각했다.

'별 특이한 사람들이 다 있네.'

15살 철없던 그 시절처럼 무심히 지나치려는 찰나, 로빈 월 키머러는 다음과 같은 설명으로 나를 붙잡는다. 양서류에는 인간들의 보호 본능을 이끄는 특성(이를테면 온기와 포근함)이 없어서, 쉽게 혐오의 감정을 불러일으킨다. 따라서 양서류와 함께하는 것만으로도 타자화된 혐오성에 반反할 수 있다는 것이다.

내가 가진 편견의 근원을 들여다보게 만드는 서술이었다. 즉시 머리가 탁 깨며 명료해졌다. 차갑고 이질적인 겉모습만으로 품어왔던 무분별한 혐오감이 난생처음 부끄러웠다. 개구리는 낯선 겉모습 때문에 '미워하기 좋은 대상'이었고, 나는 그들을 아주 손쉽게 미워하고 있었다. 이 얼마나 유치하고 무책임한 타자화인가. 나는 나에게 스며든 타자 혐오의 독을 당장 걷어내고 싶어졌다.

오랜 시간 쌓아온 두려움과 혐오감은 단단히 굳어진 상태였다. 이 마음을 어떻게 녹여내야 할까? 나는 일단 개구리를 피하지 않고 진득하니 바라보기로 마음먹었다. 일종의 노출 효과를 노린 것이다. 무엇이든 자꾸자꾸 보다 보면 익숙해지고 사랑이 샘솟기 마련이니까. 기겁하며 피하던 개구리 사진과 동영상을 찬찬히 들여다보고 있자니, 이 친구들도 나름대로 알록달록하고 매끈매끈하니 귀여워 보였다. 어떤 개구리는 궁둥이가 통통하니 예뻔 청포도 같았고, 어떤 맹꽁이는 울음소리가 청아해 매우 정취가 있었다. 나는 어딘가에서 여전히 생물 수업을 하고 있을 그 선생님을 응원하고 싶어졌다. 선생님, 과연 개구리의 피부는 곱고, 목소리는 사랑스럽네요! 이제야 깨닫게 되었습니다!

이 글을 쓰고 있는 지금은 마침 초여름이다. 얼마 전부터 공원 전체에 개구리 울음소리가 끊이지 않고 있다. 공원 연못에는 부화를 기다리고 있는 뿌연 개구리알들이 뭉글뭉글 떠오르기 시작했다. 지난날의 나였다면 울상이 된 채 이렇게 말했을 것이다. '거참, 큰일이구먼! 올여름 공원 산책은 끝났어'. 아마 발을 동동 구르며 물가를 피해 먼 길을 돌아갔을 테다. 그러나 이제 나는 안다. 미워하기 쉽다고 무작정 미워해서는 안 된다는 것을. 무언가를 어여삐 보려는 시도는 혐오에 대항하는 효과적인 방법이다. 바라봄의 기술은 곧 사랑의 기술과 같다.

언젠가는 개구리의 출현에도 두려워하지 않고 여름 밤하늘을 올려다보고 싶다. 비가 온 뒤 촉촉해진 땅 위에서라면 더 좋겠다. 더는 사랑할 기회를 놓치고 싶지 않다.

안 좋은 날

정말 신나는 날이었다. 며칠째 목표한 기상 시간에 일어나지 못해 스스로 한심해하고 있던 차에, 그날만큼은 이른 시간부터 개운하게 눈이 떠졌다. 저혈압이 있어 아침 스트레칭을 하면 늘 어지럽고 속이 메스꺼운데, 그날의 스트레칭은 가뿐하고 상쾌했다. 몸을 쭉쭉 펴는 느낌이 시원했고, 마디마디가 개운하게 열리는 감각이 기분 좋아 오래도록 구겨진 몸을 폈다. 점심때는 냉장고에 있던 것들을 대충 모아 넣고 비빔밥을 해 먹었다. 고추장과 참기름, 밥과 반찬의 비율이 기가 막히게 적당했다. 부른 배를 만족스럽게 두들기며 커피를 내려 컴퓨터 앞에 앉았다. 메일함을 열어보니 섭외 메일이 네 통이나 와있었다. 이달 내내 이렇다 할 일거리가 들어오지 않아 우울하고 불안하던 참이었는데 말이다. 메일을 하나씩 열어 답장하는 손가락이 신나서 한들거렸다. 달력에 적어두고 싶을 정도로 기분 좋은 날이었다. 해 질 무렵에는 둔둔이와 산책을 하러 갔다. 마음이 들뜬 나는 말도 안 통하는 둔둔이를 두고 연신 호들갑을 떨었다.

"우리 둔둔이 잔디에 쉬했어요, 아이고 시원해요! 우리 둔둔이 오늘 신이 나요! 우리 둔둔이 친구를 만나서 반가워요!"

하이 톤의 목소리를 듣자 덩달아 신이 난 둔둔이는 그 어느 때보다 힘차게 엉덩이를 흔들었다. 공원을 누비며 우리는 찬란했다. 둘씩 셋씩 짝을 이루어 소요하는 사람들의 모습 또한 눈부셨다. 아무튼 아주 멋진 날이었다. 그 찢어진 전단지를 발견하기 전까지는.

고양이를 찾습‖니다

두 갈래로 조각나 팔락이고 있는 종이에는 그렇게 쓰여 있었다. 고양이는 무사히 찾았을까 하는 물음 뒤로 곧장 찌르는 듯한 의문이 따라붙었다. '혹시 저 전단지는 누군가가 일부러 찢은 걸까?'. 순식간에 마음이 불편해졌다. '궂은 날씨에 못 이겨 찢어졌겠지'. 나는 거북한 마음을 애써 부정하며 다독였다. 본격적인 장마를 앞두고 비와 돌풍이 이어지던 시기였으니까. 하지만 몇 걸음 못 가 나는 또 다시 찢어진 전단지를 목격해야만 했다.

고양이를‖다

같은 전단지였다. 아까 것보다 더 처참하게 뜯어져 나가 글씨를 알아보기 어려웠다. 그 후로도 몇 장의 동일한 전단지를 발견했는데 모두 거칠게 찢어져 있었다. 비 때문이 아니구나. 바람 때문이 아니구나. 집요하게 뜯어낸 자국은 분명 사람의 손길로 만들어진 흔적이었다. "전단지를 뜯지 말아 주세요. 직접 회수하겠습니다". 빨간 글씨로 작게 덧붙여진 메시지는 무용해서 처연할 정도였다. 난폭하게 찢긴 전단지 앞에서 철렁했을 당사자의 마음을 생각하니 괴로웠다. 이렇게 간편하고도 폭발적인 폭력이라니……. 마음 한구석에서부터 진득한 절망감이 퍼져나갔다.

타자의 행복에 균열을 내기란 얼마나 쉬운가. 그날의 찬란함은 순식간에 빛을 빼앗긴 채 시들어 버렸다. 산책할 때면 으레 수반되는 기쁨도, 안온함도 없었다. 마음의 낙차가 너무 컸다. 나는 무연히 집으로 돌아와 흙 묻은 둔둔이의 발을 닦아주며 빌었다. 고양이가 주인 품으로 무사히 돌아갔기를. 주인의 애타는 마음이 얼른 안도로 바뀌기를.

"사람들의 공격성이 공기에서 전혀 느껴지지 않는 곳이 지구 어딘가에 있지 않을까?"○

이처럼 가망 없는 기대와 환상이 자라날 때, 정세랑 작가는 날카로운 유리 파편들을 떠올린다고 말했다. 간밤에 누군가의 손에서 내던져져 잘게 부수어졌을 병 조각들. 자칫 어린이가 넘어지면 다칠 수 있는, 동물들에게

○ 정세랑. 『지구인만큼 지구를 사랑할 순 없어』. 위즈덤하우스, 2021, p.241.

큰 상처를 입힐 수 있는 그런 파편을 떠올린다고. 나는 그 운수 좋던 날에 돌연 마주쳤던 찢어진 전단지를 떠올리곤 한다.

공격성과 분노의 잔해물은 이뿐만이 아니기에, 비슷한 장면들을 수도 없이 떠올릴 수 있다. 칼로 난자된 퀴어 퍼레이드의 광고판, 장난삼아 비둘기 밥에 설사약을 섞었다고 자랑하는 사람들과 공중을 가로지르며 어찌할 바를 모르던 비둘기들, 길고양이 급식소에 뿌려진 압정, 눈 부위가 도려진 한 국회의원 후보의 현수막까지. 장면들은 영원히 끝나지 않을 것처럼 꼬리에 꼬리를 물고 계속된다. 이 다양한 악의 앞에서 나는 손쉽게 손상되었고, 잦은 와해의 결과로 내가 깨닫게 된 바는 이것이었다. 내가 마음 쓰는 것들의 안위와 행복이 허물어지는 지점에서 나 역시 고꾸라질 수밖에 없다는 것. 타자가 안녕하지 못할 때 나의 마음도 함께 굴러떨어진다는 것. 나만 편안하면 된다는 믿음은 환상이자 증상이었다.

"다른 사람을 해치고 싶어 하는 사람들은 비슷하게 지긋지긋한 방식으로 어디에나 있다."(p.241)며, 공격성에서 벗어날 수 있는 곳은 없다고 결론을 내린 정세랑 작가는 "존재하지 않는 곳을 찾아 헤매기보다 지금 이곳을 지키고 싶어진다."(p.243)고 했다. 이 말갛고 무해한 다짐에 함께 마음을 얹으며 나는 선의의 장면들을 떠올려 본다.

저기에 찢어진 전단지가 하나 있다면, 이쪽에는 안락하게 꾸려진 고양이 급식소가. 저기에 날카로운 유리 조각이 있다면, 이쪽에는 아이의 무릎을 털어주는 따듯한 손과 유리 조각을 쓸어 담는 자상한 비질이 있다.

'이쪽'을 대표할 장면들을 더 많이 되새기고 떠올리며 나는 나를 견인한다. 선의의 증거들은 나의 부적이자 연대다. 한순간에 곤두박질친 마음의 낙차를 거스를 수 있는 에너지가 된다. 나를 절망하게 하는 장면 속에만 매몰되지 않아야겠다는 다짐을 한다.

4부

별일 그리고 별것

별의

홍승은 『당신이 계속 불편하면 좋겠습니다』

열일곱

고등학교 때 곧잘 어울려 놀던 친구가 있었다. 우리는 수업이 끝나면 함께 하교해 공원을 어슬렁거리며 수다를 떨거나 명동 거리를 구경하며 시간을 보내곤 했다. 그 아이는 유난히 교복 차림을, 아니, 그보다는 치마 입기를 싫어했다. 문제의 그 날도 친구는 잠깐 집에 들러 옷을 갈아입고 나오겠다고 했다. 집 앞에 서서 친구가 나오기를 기다리고 있을 때, 문득 오토바이를 탄 남자가 나의 앞을 스쳐 지나갔다. 몇십 초쯤 지났을까? 오토바이가 이상하게도 다시 눈앞에 나타났다. 이번에는 나를 마주 보고 선 채였다. '왜 안 가고 저러고 있지? 여기 사는 사람인가?'. 이상함을 느낀 나는 그를 흘낏 쳐다보았다. 그는 고글 부분의 선팅이 짙은 헬멧을 쓰고 있었다. 얼굴은 전혀 보이지 않았지만, 헬멧의 방향만으로도 그가 나를 바라보고 있음을 알아차릴 수 있었다. 새까만 티셔츠에 새까만 바지, 그 사이로 불뚝 불거져 나온 살갗이 눈에 띄었다. 그는 나를 보며 자위를 하고 있었던 것이다. '저 새끼, 그냥 바이커가 아니라 변태였어!'. 나는 속으로 기함했다. 핏기가 싹 가시는 기분이 들어 당장이라도 주저앉고 싶었지만, 짐짓 태연한 척했다. 변태 놈들은 소리를 지르면 더 좋아한다지. 나는 어디선가 들은 이야기를 떠올리며 아무렇지 않은 척하며 고개를 돌렸다. 자신의 크고 아름다운 고추(사실과 다름)를 못 보았다고 생각했는지, 그는 오토바이를 밀며 조금씩 나에게로 다가왔다. 그와 나의 거리는 금세 훌쩍 가까워져 있었다. 나는 괜스레 발끝으로 땅을 차고 모래를 흩뜨리며 필사적으로 시선을 피했다. 흉측한 광경으로부터 나의 시야를 지켜내고 싶었던 이유에서였다. 이윽고 그가 손을 뻗으면 닿을 정도로 가까이 다가오자 나는 극심히 두려워졌다. 바로 그때, 옷을 갈아입은 친구가 후다닥 집 밖으로 뛰어나왔다. 마침 쓰레기를 버리러 나온 할아버지와 함께. 남자는 사타구니를 주무르던 손을 얼른 거두고는 유유히 오토바이를 타고 사라졌다.

스물하나에서 스물둘까지

여러 사람과 만나다 헤어졌고, 연애 기간은 대체로 짧았다. 지금 와서 돌이켜 보니 별 볼 일 없는 연애가 많았는데, 그중 두엇은 특히 고약한 기억으로 남았다. 우연히도 그들 모두 나와는 나이 차이가 훌쩍 많이 나는 연상이었다. 그리하여, 그들을 묶어 구남舊男이라고 불러보겠다. 이후 짧게 이어지는 구남 스토리에는 적나라한 욕이 등장한다. 보는 것만으로 언짢아질 수 있으나, 그들의 입말을 살리기 위해 그대로 적어보니, 읽는 이로 하여금 주의를 요한다.

구남 1은 술만 마시면 나에게 전화를 해 듣도 보도 못한 욕설을 퍼붓곤 했다. 내가 다른 사람들과 어울려 일을 하고, 밥을 먹고, 공부를 하는 게 싫다는 이유에서였다. 그렇게 한바탕 난리를 친 다음 날이면, 그는 어김없이 사과를 했다. 술이 덜 깬 목소리로 "어제 일은 기억이 안 난다"면서도 "일단 미안하다"고 싹싹 빌었다. 진눈깨비가 날리던 어느 날 밤, 귀가하는 나에게 전화를 건 그는 여느 때와 같이 "개 같은 년, 걸레 같은 년, 당장 죽여버릴 거야"라며 거듭 소리쳤다. 전화를 끊은 나는 곧장 그의 연락처를 지웠고, 그 후로는 일절 그와 접촉하지 않았다. 다행이었을까. 그에게는 나를 죽이거나 해할 의지 또는 광기가 없었다. 다행히 나는 죽지 않았다.

구남 2는 화가 나면 손에 잡히는 것들을 모조리 집어 나에게 던졌다. 책과 종이 뭉치, 핸드폰 같은 것들. 그가 나를 향해 무선 마우스를 던졌을 때, 마우스는 나의 발치에서 와지끈 박살이 났다. 건전지 두 개와 마우스 헤드가 동서남북으로 날아가던 모습이 아직도 눈앞에 생생하다. 구남 1과 구남 2가 구사하는 비속어는 대체로 비슷했다. "또라이 같은 년, 미친년, 얼굴 못 들고 다니고 싶어?". 그와 만나는 동안 나는 여러 번 울었고, 두어 달 만에 헤어졌을 땐 나쁜 소문만 남아 나의 마음을 오래도록 흉흉하게 했다.

스물셋

초가을치고는 제법 매서운 바람이 불던 날이었다. 자정이 다 된 시간, 집에서 뒹굴뒹굴하던 나는 한 통의 문자를 받았다.

나 지금 서울역인데 혹시 나와줄 수 있니?
너무 마음이 힘들어서 얘기나 간단히 하면 좋겠는데.

학교 동기였다. 그로부터 얼마 전, 그는 나에게 조심스럽게 "우울증을 앓고 있다"고 고민을 털어놓은 바 있었다. 늘 밝은 모습으로 폭넓은 교우 관계를 유지하던 그가 우울증이라니. 의외라 생각했기에 더 안쓰럽게 여겨졌다. 이 늦은 밤에 문자를 보내 만남을 요청할 정도면 정말 힘든가 보다. 나는 그렇게 생각하며 급하게 옷을 입고 서울역으로 향했다. 그만큼 그의 문자는 처연하고 위태로워 보였다.

그를 만나 역 근처 호프집으로 향했다. 술을 나누어 마시며 이런저런 이야기를 나누고 있는데, 그가 돌연 횡설수설하기 시작했다. 빙빙 둘러 말해 두서가 없었지만, 요지는 '오늘 밤 너랑 섹스할래'였다. 나는 기겁했지만, 짐짓 의연한 척하며 말했다(나의 대응은 늘 이런 식이다).

"저 좋아하는 사람 있는데요."

이 얼마나 어처구니없는 변명인가. 좋아하는 사람이 없으면 섹스하겠단 이야기야 뭐야? 뭐, 섹스야 못할 것도 없지만 그와 자고 싶지는 않았다. 그는 쉽게 물러서지 않고 오랜 시간 공을 들여 '자신과 섹스 파트너가 되면 얼마나 좋을지'에 대해 토로했다. 내가 계속 거부하자 그는 1보 후퇴하며 새로운 제안을 했다.

"자는 게 좀 그러면 입으로라도……."

진즉 자리를 박차고 일어났어야 했는데. 더럽고 더럽도다! 나는 그 후로도 한참 진땀을 빼고서야 그 자리에서 벗어날 수 있었다. 그때의 나는 참 물렀다.

스물넷

학기 막바지가 코앞이던 어느 날, 한 교수가 나에게 말을 걸어왔다. 마침 쉬는 시간이라 함께 수업을 듣던 친구들은 모두 담배를 피우러 나간 참이었다. 그는 대뜸 나에게 노래를 시켰다. 실용음악과에서는 왕왕 있는 일이었다. 쭈뼛대며 노래 한 곡을 하자 그는 나의 목소리가 마음에 든다며 이렇게 말했다.

"내가 조만간 재즈밴드를 하나 만들 건데 거기에서 노래해 볼래?"

그의 제안에 사실은 약간 의아했다. 그 말이 있기 조금 전, 나의 노래는 영 형편 없었기 때문이다. 그래도 그 제

안에 설렜다. 교수와 함께 밴드를 할 수 있다니, 분명 좋은 경험이 될 거로 생각했다. 나는 그 자리에서 그와 번호를 주고받았다.

얼마 후 그는 나에게 연락해 레퍼런스가 될 곡들을 몇개 알려주며 연습해 오라고 했다. 나중에 만나서 함께 맞추어 보자며. 나는 그가 준 곡들을 꼼꼼하게 카피했다. 수도 없이 듣고, 악보를 그리고, 거듭 연습했다. 나는 그것이 일종의 2차 오디션이라고 생각했고, 그랬기에 잘해내고 싶었다. 당시 나는 부족한 실력을 실감하며 마음고생을 하고 있었다. 미래를 걱정하며 위축되어 있던 때에, 교수의 눈에 들었다는 사실은 바닥난 나의 자존심을 견인하기에 충분했다.

일주일쯤 뒤에 그의 작업실로 찾아갔다. 넓고 쾌적한 작업실은 그의 경력과 위용을 대변하는 듯했다. 이제 노래를 부르는 건가. 떨리는 마음으로 기다리고 있는데, 이상하게도 그는 나의 노래를 들으려 하지 않았다. 그 대신 시시콜콜한 이야기들을 늘어놓았다. 혈액형이 무엇이냐 물어보거나, 어떤 취미가 있는지 묻는 식이었다. '아, 제자의 긴장을 풀어주려나 보다! 이런 게 아이스 브레이킹이구나!' 했다. 매너가 좋은 사람이라는 생각이 들었다. 나는 그의 질문에 성심성의껏 대답했고, 그는 점점 더 신나 하는 것 같았다. 결국 노래 한 곡 부르지 못하고 두어 시간쯤 수다를 떤 뒤 집으로 돌아왔다. 그는 자신의 고급 세단으로 나를 집 근처까지 바래다주었다.

얼마 안 되어 또다시 만나자는 연락이 왔다. 그는 작업실이 아닌 펍으로 나를 불러냈다. 음식도 팔고, 칵테일도 팔고, 적당히 어두운 조명에, 적당히 소란한 음악이 흐르는 곳이었다. 30여 분쯤 의미 없는 수다를 떨었을까. 답답해진 내가 먼저 물었다.

"저번에 말씀하신 그 밴드는 언제쯤부터 준비하게 되나요?"

그 질문에 그는 약간 당혹스러워했다. 머뭇거리던 그가 말했다. 밴드는 이런저런 사정 때문에 못하게 되었다고. 조만간 같이 할 수 있는 일을 찾아보겠다고. 허탈함이 몰려왔지만 어쩔 수 없는 일이었다. 기획하던 공연이나 팀이 흐지부지되는 일은 부지기수였으니까. 내가 알겠다며 고개를 끄덕이자 그가 말했다.

"사실은 그게 아니고, 내가 너를 만나자고 한 건……."

그가 더듬거리며 힘겹게 말을 이어가는 모습을 보자 불길한 예감이 몰려왔다. 아, 이 분위기는…….

"내가 너를 좋아하는 것 같아."

예상 적중. 나는 자꾸만 굳어지는 얼굴에 가능한 한 최대치의 미소를 끌어올리며 대답했다.

"교수님을 그런 식으로 본 적은 없는 것 같아요. 죄송합니다."

　나는 자리를 털고 일어섰다. 돌아오는 길에 가방에 들어있던 악보들을 보자 기묘한 감정이 끓어올랐다. 억울하고 찝찝하고 창피한 기분. 핸드폰에서는 그가 연습해오라고 했던 곡이 끊임없이 반복 재생되고 있었다. 이후 그에게서 몇 번의 전화가 왔지만 바쁘다는 핑계로 끊거나 받지 않았다. 때마침 한 학기를 마치는 시점이었고, 우리가 마주칠 일은 더는 없었다. °

30대 중반: 현재

　유튜브 채널을 운영하며 종종 몹쓸 놈들의 습격을 받았다. 때때로 그들은 라이브 방송 중에 떼로 몰려왔다. 모두가 함께 책 이야기를 나누는 평화로운 시간, 채팅창

°　이 이야기에서 그는 다소 미묘한 위치를 차지한다. 어쩌면 예외적인 경우라고 볼 수도 있다. 그가 나에게 가진 호감은 본인 나름 진심이었을지 모르며 좋아하는 마음은 죄가 아니니 그를 다른 인물들만큼 몰아세우는 것은 지나친 처사로 여겨질 수 있다. 하지만 그의 행동은 문제적이다. 그는 교수라는 분명한 위계 속에서, 꾸며낸 과업을 내세워 데이트를 유도했다. 동등하지 못한 관계 아래에서 이뤄진 이런 식의 접근은 위험과 불편을 유발한다. 호감 표시와 폭력의 미묘한 간극. 이곳에서의 줄타기는 까다롭지만 중요하다. 많은 폭력이 사랑이나 호감이라는 말에 기대 발생한다. 수직 관계에 의한 성폭력이 어떻게 발생하는지 잘 보여주는 사례라고 생각한다.

에는 음란 메시지가 도배되고 있었다. 비속어 필터에 걸린 그들의 메시지는 다행스럽게도 시청자들에게까지 가닿지는 않았다. 하지만 나에게는 보였다. 그 더럽고 비위 상하는 말들이. 그들은 나의 짧은 머리카락을 '페미'나 '메갈'의 증거라고 조롱하면서, 동시에 여체 특정 부위를 집요하게 언급하며 음담패설을 늘어놓았다. 비난과 희롱을 자유자재로 오가는 채팅창을 보며 나는 여러 번 한숨을 쉬었다.

한편, 어떤 이들은 나에게 메일이나 DM(Direct Message)을 보냈다. 대뜸 사랑을 고백하거나, 남자친구가 있는지를 집요하게 물었고, 사생활에 관여했으며, 때로는 자신의 신체 일부를 촬영해 보내기도 했다. 그들은 나에게 "진심을 받아주지 않는다"며 울분을 토했고, 분노는 곧잘 비난과 협박으로 이어졌다.

글을 쓰는 지금은 새벽 두 시가 넘은 시간인데, 방금 또 하나의 DM이 도착했다. 익숙한 이름이다. 그는 나에게 몇 달간 지속적으로 메시지를 보내고 있다. 두서없는 사랑 고백과 힐난, 가스라이팅 시도가 동시에 담긴 메시지다.

별일 없었다는 말

"세상에 별 미친놈들이 많다, 야."

서로의 경험담을 나눌 때면 이런 말이 곧잘 튀어나왔다. 헤어진 남자가 집 앞에 찾아와 난동을 부려 경찰을 불렀다는 이야기, 밀폐된 공간에서 자신을 추행하려던 남자를 피해 신발도 못 신고 도망 나왔다는 친구들의 이야기를 들을 때도 그랬다. 누군가는 성관계 동영상을 찍어보자는 남자친구의 집요한 요구에 시달렸고, 누군가는 술집 공용 화장실에 따라 들어온 남자가 문을 잠그고 자신을 확 끌어안았다고 했다. 시간이 한참 지나고 나서야 알게 되었다. 그 경험을 단순히 나쁜 놈들의 비행 정도로 치부해선 안 되었다는 것을. 우리가 겪은 그 경험들은 명백한 폭력이자 희롱, 범죄였다.

친구들과 자주 하는 말이 또 하나 있다.

"그래도 이 정도면 별일 없이 살았다."

저런 사연들을 한 보따리씩 가지고 있으면서도 '이 정도면 별일 없이 산 거'라며 우리는 안도했다. 미처 글로 옮기지 못한 일이 수없이 많이 벌어졌음에도 불구하고 나 역시 '이 정도면 별일 없이 살았다'고 여겨왔다. 도대체 별일이라는 것은 무엇일까. 맞거나, 죽거나, 고통에 못 이겨 자살을 시도하거나, 우울증에 빠지거나, 삶이 망가져야만 별일일까. '지금 잘 살고 있다'라는 말이 '그간 별일 없었다'라는 말과 동의어가 될 수는 없었다. 우리는 운 좋게도 잘 견뎌왔지만, 어딘가의 누군가는 분명히 이

'별일 아닌 일'들에 무릎이 폭 꺾이고 삶이 와해되는 기분을 느끼고 있을 것이다.

나는 이제 '별일 없었다'라고 말하지 않기로 했다. 평론가 신형철은 『슬픔을 공부하는 슬픔』에서 폭력의 외연은 넓어져야 한다고 말했고, 작가 목정원은 『모국어는 차라리 침묵』에서 고통에 대한 감수성은 깊어져야 한다고 말했다. 우리가 겪은 폭력과 고통에 대해 '별일'이라고 말하는 게 그 시작이 될 것이며, 이 넓고 깊음에 기대 우리는 더 단단해질 수 있을 것이다.

웃음과 비웃음

김찬호 「유머니즘」

얼마 전 핸드폰을 바꾸었다. 요즘은 통신사 대리점에서 사진도, 연락처도, 메시지도 고스란히 옮겨주지만 아무리 그렇대도 기계를 바꾸면 소소한 번거로움이 뒤따른다. 지문을 새로 등록하고, 신용카드도 다시 등록하고, 풀러버린 자동 로그인 기능들도 원상 복귀해야 예전처럼 물 흐르듯 핸드폰을 사용할 수 있다.

이런 이유로 새 핸드폰을 한참이나 조물거리던 나는 문득 연락처와 사진첩도 싹 정리하고 싶다는 생각이 들었다. 이왕이면 좀 더 정갈하고 단출하게 새 출발하면 좋으니까. 나는 연락처 목록을 열어 오랫동안 왕래가 없는 사람들의 연락처를 지웠다. 속이 후련했다. 오래된 냉장고를 비운 기분이었다. 그다음으로는 사진첩을 열었다. 쓸모없는 캡처들, 의미 없이 찍은 사진들을 하나씩 지우고 있는데 문제의 그 사진을 발견하고 말았다.

'기억난다. 이 호랑말코 같은 놈들!'

2018년 4월. 당시 다니던 직장에서 퇴사한 나는 퇴직금을 몽땅 털어 홀로 유럽 여행을 갔다. 독일과 오스트리아, 체코를 돌아보는 보름간의 여행이었다. 특히 오스트리아에 대한 기대가 컸다. 그곳이 내가 열광하는 영화 〈비포 선라이즈〉의 촬영지였기 때문이다. 셀린느와 제시가 방문했던 레코드 숍, 카페, 놀이동산, 뮤지엄을 가로지르며 나는 덕후의 기쁨을 만끽했다.

오스트리아에 머무는 마지막 날에는 유명 관광지인 잘츠부르크와 운터스베르크에 가보기로 했다. 동화 같은 풍경에 넋을 놓은 채 돌아다니고 있는데, 웬 백인 남자 두 명이 나에게 다가왔다. 20대 초반으로 보이는 그들은 함박웃음을 지으며 핸드폰 카메라를 내밀었다.

"음? 사진 찍어 달라고요? 포토?"

내가 건네받은 핸드폰으로 두 사람을 찍으려 하자 그들은 손사래를 쳤다. "투게더, 투게더!". 같이 찍자는 거였다. 나는 얼결에 그들과 함께 사진을 찍었다. 어쨌든 여행 중의 추억이 담긴 사진이니 나도 그 결과물을 받아 보고 싶었다. 사진을 전송해 달라고 말하고 싶었으나 영어를 못해 말문이 턱 막혔다. 잠깐 고민하던 나도 나의 핸드폰을 들이밀었다.

"투게더, 투게더 어게인!"

그들은 잠시 당황하는가 싶더니 나의 핸드폰으로도 사진을 한 장 찍고는 유유히 손을 흔들며 사라졌다. 아까의 그 함박웃음을 지으면서.

사진첩 속의 그들은 짧게 깎은 금발 머리에 선글라스를 쓴 채 환하게 웃고 있다. 나는 몰랐다. 그들이 나에게 '인종 차별'을 했다는 사실을. 이상하리만치 밝게 웃었던 그 표정에 조롱이 섞여있었다. 당시에는 아무것도 모른 채 신나게 관광을 이어나갔다. 케이블카를 타고 운터스베르크 전망대에 올라 한 카페에 자리를 잡았다. 한눈에 산 아래가 전부 내려다보이는 전망 좋은 곳이었다. 그런데 이상했다. 테이블에 앉아 한참을 기다려도 아무도 주문을 받으러 오지 않았다. 손을 들어보아도, 소리 내어 불러보아도 마찬가지였다. 20여 분을 기다린 끝에 카운터에 가서 주문을 받아달라고 이야기했으나 그마저도 무시당했다. 풍채 좋은 백인 웨이터는 다른 테이블은 살뜰하게 챙기면서도 나만큼은 본체만체했다. 그제야 나는 이것이 인종 차별이고 그들이 일부러 나를 없는 사람 취급한다는 사실을 깨달을 수 있었다.

분한 마음에 한바탕 소란이라도 피우고 싶었지만 나는 의사소통이 서툰, 혼자 온 동양 여성일 뿐이었다. 30분쯤 버티던 내가 끝내 자리에서 일어나자, 기다렸다는 듯이 백인 가족이 내가 앉았던 테이블을 차지했다. 웨이터는 그들의 엉덩이가 의자에 닿기도 전에 물을 내어주고 메뉴판을 건네주었다. 금세 주문을 받아 주방으로 사라지는 웨이터는 사람 좋은 얼굴로 웃고 있었다. 돌아나가던 내가 그 모습을 보고 경악하자 주변에 있는 사람들이 그런 나를 보고 또 킬킬 웃었다.

더는 오스트리아의 아름다운 전경이 눈에 들어오지 않았다. 나는 우울한 기분으로 해가 지기도 전에 숙소로 돌아갔다. 오스트리아는 원래 이런 나라인가? 원래 이렇게 인종 차별이 심한 곳인가? 나는 인터넷에 '오스트리아 인종 차별'이라는 키워드를 검색해 보았다. 나와 같은 일을 겪은 사람이 한둘이 아니었다. 주문을 받지 않거나, 다른 메뉴를 가져다주거나, 과할 정도로 팁을 요구하는 경우가 비일비재하다고 했다. 동병상련의 감정으로 그 글들을 읽고 있는데…… 아뿔싸, 이윽고 알게 되었다. 동양인의 사진을 찍어가는 것도 차별 방법 중 하나라는 것을. 사진 속 동양인을 보며 신기해하거나, 외모를 비하하거나, 때로는 친구들과 돌려보며 조롱하기도 한다는 것을.

핸드폰을 침대에 툭 떨구고는 오랫동안 샤워를 했다. 엉겨 붙은 땀과 먼지를 따뜻한 물로 씻어내니 그나마 기분이 조금 나아지는 듯했다. 젖은 머리를 대충 털어 말리고 거울 앞에 서서 로션을 찍어 바르고 있으려니 얼굴 근육에서 약간의 긴장감이 느껴졌다. 내내 억지웃음을 짓다가 집으로 돌아왔을 때의 근육통 같았다. 내가 온종일 만면에 띄고 다녔을 웃음에는 여행자로서의 기쁨과 감탄이 담겨있었다. 그리고 또 하나, 약간의 비굴함도.

나는 맹숭맹숭하게 웃는 표정으로 내가 '무해한 사람'임을 어필하곤 했다. 나를 지키고 갈등을 회피하려는 의도에서였다. 충돌과 소란을 견뎌내기에는 소심하고 유약한 성격을 가진 나는 대체로 나쁜 일이 있어도 헤헤 웃으며 그 자리를 피해버렸다. 음식점에서 부당한 대접을 받았을 때도, 호텔 앞까지 집요하게 쫓아오며 캣콜링 Catcalling 하는 남자를 만났을 때도, 나의 여권을 필요 이상으로 거칠게 집어 던지는 입국 심사관을 만났을 때도 그랬다. 이러한 방법으로 나는 비교적 안전하게 살아오는 데 성공했을지도 모르겠다. 도처에 널린 불화의 씨앗들을 요리조리 못 본 척 피하면서.

나는 그들의 웃음과 나의 웃음이 얼마나 다른가 생각했다. 똑같이 반달눈을 하고 입꼬리를 올려보아도 우리의 웃음에는 어마어마한 간극이 존재했다. 『유머니즘』의 저자 김찬호는 함께 웃지 못하는 웃음은 폭력적이라고 했다. 우리는 같은 장소에서 동시에 웃었지만, 함께 웃지는 못했던 것이다.

아마 나는 아주 높은 확률로 그들을 다시 만나지 못할 것이다. 오스트리아에 또 간다고 해도 말이다. 나는 그저 지금 이 공간에서, 스스로가 웃음에 섬세한 사람이 되기만을 바랄 뿐이다. 내가 웃는 웃음의 울타리 바깥으로 누군가가 튕겨져 나가지 않기를 바라면서. 나는 무해하게 웃기는 사람, 순하게 웃는 사람이 되고 싶다.

모두 집에 닿을 수 있기를

장애와인권발바닥행동 & 인권기록센터 사이 『집으로 가는, 길』

집에 오면 곧장 옷을 갈아입는다. 나에게는 특별한 잠옷이 하나 있다. 노란 바탕에 복슬복슬한 양이 잔뜩 그려진 반바지로, 나는 이 옷을 '양바지'라 부르며 아낀다. 몇 년간 주야장천 입어대 색이 허옇게 바랬지만 세상에 이보다 편한 옷은 없다. 허리의 고무 밴드는 나의 몸에 딱 맞게 늘어나 있고, 기장은 너무 짧아서 민망하지도, 너무 길어서 거추장스럽지도 않게 적당하다. 집에 들어와서 양바지를 입을 때면 안락함을 느낀다. 포근함과 편안함, 자유를 느낀다. 나 같은 집순이에게는 응당 이런 것들이 필요하다. 나를 자유롭게 해주고, 편안하게 만들어 주는 요소들. 그것은 입맛에 맞게 사들인 물건일 수도 있고, 오랜 기간 몸에 익은 생활 패턴일 수도 있다.

나에게는 정해진 기상 시간이 없다. 대개는 오전 9시나 10시쯤 느지막이 일어난다. 한바탕 요란하게 기지개를 켜면 둔둔이가 침대 위로 뛰어 올라온다. 밤새 더 꼬수워진 발 냄새도 맡아보고, 따끈 말랑한 배도 몇 번 문질러 보고는 자리에서 일어난다. 곧장 주방으로 가 커피를 내린다. 산미가 없고 너트 향이 강한 원두를 사 둔 참이다. 모닝커피 타임에는 고구마나 머핀처럼 달달한 음식을 곁들이곤 하는데, 최근에는 무화과 크림치즈를 바른 베이글에 푹 빠져있다. 얼마나 열심히 먹었는지 체중이 2킬로그램 정도 늘었을 정도다.

오전을 여유롭게 보내고 나면, 본격적으로 업무를 시작한다. 책상은 너저분해 보이지만 필요한 물건들을 속속 갖추고 있다. 자주 펼쳐보는 책, USB, 연필, 형광펜, 립밤, 커피가 모두 손 닿는 범위 내에 준비되어 있다. 컴퓨터 모니터는 눈높이에 맞춰져 있고, 오랜 시간 고민해 고른 적축 키보드는 묵직하고도 단호한 소리를 내며 업무의 흥을 돋운다.

네다섯 시간쯤 일하다 보면 금세 배가 고파진다. 오후 4시쯤. 점심도 저녁도 아닌 몹시 애매한 시간에 제대로 된 첫 끼니를 먹는다. 상은 단출하게 차리려고 하는데, 여름에는 메밀국수를 후루룩 말아 먹을 때가 많다. 식사 속도는 느린 편이다. 나는 천천히 그릇을 비우고, 제철 과일 하나로 입가심을 한다. 아침에 내려둔 커피를 한 잔 더 따라 마시면서 잠깐 쉬다 보면 슬쩍 잠이 온다. 식곤증에 못 이겨 낮잠을 잘 때도 있고, 애써 정신을 차린 후 업무에 복귀할 때도 있다. 해가 질 무렵에는 둔둥이와 산책하러 다녀온다. 작은 개울이 흐르는 공원으로, 나뭇잎 스치는 소리가 가득한 산으로, 인적 드문 동산으로 이리저리 거닐다 보면 시간이 훌쩍 지나있다. 어느덧 저녁이 된다. 해가 지면 마음이 편안해진다. 저녁은 집이라는 공간이 진정 빛을 발하는 시간이다. 취향 따라 갖추어 둔 물건들이 저녁을 풍요롭게 하는데, 이를테면 이런 것들이다. 1년을 넘게 구독 중인 넷플릭스, 냉장고에 넣어둔 시원한 싱하와 산미구엘과 코젤, 청량하고 향긋한 브뤼 Brut 와인, 종류별로 갖춰둔 인센스 스틱, 턴테이블과 LP, 심혈을 기울여 주문한 신간 도서들, 핸드폰에 다운로드해 둔 게임과 영상들. 나는 이 모든 것들을 내키는 대로 즐기며 저녁 시간을 보낸다.

밤이 되면 오랜 시간 공들여 샤워한다. 우울할 때, 스트레스가 심할 때, 오래 붙잡고 있던 일을 마무리 지을 때 매번 욕실로 들어설 만큼 나는 샤워를 좋아한다. 샤워 용품에도 관심이 많아 좋아하는 브랜드의 샤워젤과 샴푸, 팩을 늘 갖춰놓으려고 노력한다. 그것들은 나에게 오랫동안 만족감을 준다. 샤워를 마친 후, 조금 서늘해진 몸으로 잠자리에 든다. 소음과 빛에 예민한 나는 아침 해가 새어들지 않도록 커튼을 꼼꼼히 치고, 방문을 닫는다. 밤 10시, 혹은 새벽 2시. 취침 시간에는 대중이 없다. 규칙적으로 자고 깨는 게 건강에 좋다고는 하지만 나에게는 이런 유연함이 훨씬 아늑하고 편안하게 느껴진다.

*

2008년 4월 20일 장애인 차별 철폐의 날, 결의대회에서 석암재단 거주인 인권 쟁취를 위한 비상대책위원회는 다음과 같은 글을 낭송했다.

"해가 뜨지 않은 이른 아침에 밥을 먹고, 해가 채 지지 않은 저녁에 잘 준비를 합니다. 하루 세끼 이렇다 할 반찬도 없이 시어빠진 김치를 밥에 올려 입에 욱여넣는 것이 우리가 할 일의 전부입니다. 하루를 1년처럼 수십 년을 하루처럼 살아왔습니다. 이것은 사람이 사는 모습이 아니라고 생각했지만 그래도 갈 곳 없는 몸뚱이를 의지할 데는 이곳밖에 없다고 생각했습니다."°

'향유의 집'은 자의로 문을 닫은 최초의 장애인 거주 시설이다. 향유의 집을 비롯해 여러 시설들을 운영하는 석암재단은 오랜 시간 장애인들의 장애 수당을 갈취하고, 정부 지원금이나 후원금을 빼돌렸으며, 보호라는 명분으로 장애인을 학대하고 비윤리적인 방식으로 시설을 운영했다. 향유의 집에 거주하던 당사자들과 직원들은 재단 비리를 증명하기 위해 조심스레 힘을 모았다.

여기에 장애와인권발바닥행동, 전국장애인차별철폐연대 같은 외부 운동 단체와 운동가들이 힘을 보태며 함께 투쟁에 나섰다. 10여 년 동안 이어진 투쟁 끝에 그들은

° 장애와인권발바닥행동&인권기록센터 사이 기획·기록, 홍은전 외 5인 글, 정택용 사진. 『집으로 가는, 길』 5쪽. 오월의봄, 2022, p4.

비리를 저지르던 임원들과 운영진 일가족을 척결했다. 활동은 그 후로도 계속되었다. 그들의 최종 목표는 '탈시설'과 '자립'이었다. 인권 침해의 온상인 장애인 시설에서 자율 의지로 벗어나기를 선택한 것이다.

"시설에서의 하루는 먹고, 목욕하고, 싸고 끝이에요."

향유의 집에 거주했던 황인현 씨는 이렇게 말한다.

시설에서 그들은 원치 않는 시간에 자고 깼다. 대여섯 명이 모여서 잠드는 방은 내내 소란스러웠고, 비상구 불빛은 밤새 방 안을 훤히 비추고 있었다. 밤새 시퍼런 빛이 새어드니 제대로 잠들 수 있을 리 만무했다. 그들은 내부가 훤히 들여다보이는 화장실에서 볼일을 보거나 씻겨졌다. 매 끼니 상해서 도무지 먹을 수 없는 반찬과 밥이 나왔다. 맛과 영양이라고는 찾아볼 수 없는 식단이었는데, 그마저도 5~10분 안에 다 먹어야 했다. 시설 안의 장애인들은 모두 관리하기 좋은 짧은 머리를 하고 있었으며, 옷은 남루했다. 멍하니 티브이를 바라보는 것이 하루의 전부인 삶. 종종 묶이고, 얻어맞고, 가둬지는 삶. 중년이 훌쩍 넘은 나이에도 여전히 모자란 아이 취급을 받는 삶. 그들은 그 삶에서 벗어나기로 했고, 오랜 투쟁 끝에 유의미한 변화를 이끄는 데에 성공했다. 그들은 탈시설이라는 바통을 던졌고, 어딘가의 누군가가 그 바통을 이어받게 될 것이다.

두 풍경을 한 글에 배치하며 걱정이 앞선다. 이 글은 타인의 불행을 행복의 척도로 삼으려는 글도 아니고, 그들의 삶을 전시하여 불행 포르노로 소비하려는 글도 아니다. 다만 이 글이 장애인 탈시설 문제에 대한 논의에서 꺼내볼 수 있는 한 장의 카드가 되기를 바랄 뿐이다.

장애인은 혼자서 거동할 수 없으니 시설에서 한꺼번에 관리해야 한다는 말, 그들 한 명 한 명에게 집과 돌봄을 제공하는 것은 역차별이라는 말, 본인도 가족도 능력이 안 되니 어쩔 수 없다는 말에 부딪힐 때마다 우리는 떠올려 볼 수 있을 것이다. 각자가 머무는 안락한 공간을. 또한 그러한 공간이 누구에게나 필요하다는 사실을.

현실에서 장애인 탈시설을 주장하기란 쉽지 않다. '당사자와 부모를 비롯해 시설 운영자와 법인, 노동자, 정치인, 관료에 이르기까지 수많은 주체가 얽혀'있기 때문이다. 그럼에도 불구하고 어딘가에서 출발해야 한다면, 그 출발에 대해 각자 어떤 의견을 가질 수 있다면, 나는 내가 거주하는 집을 둘러보며 그 첫걸음을 떼고 싶다.

새벽 1시. 불을 끄고 눕는다. 오늘 세탁한 베갯잇이 볼에 감기는 느낌이 좋아서 금방 잠들 것 같다. 아늑한 밤이다. 이런 밤은 누구에게나 필요하다.

사랑에 목매는 스스로가 버거운 당신에게

아니 에르노 『단순한 열정』

평소에도 그리 넉넉한 편은 아니지만, 특히나 급격하게 통장이 텅장이 되는 시기가 있다. 빤한 주머니 사정이 더욱더 곤궁해지는 시기, 있는 돈 없는 돈 다 끌어모아 소비하는 시기, 다름 아닌 연애를 막 시작했을 때다.

"벌이도 시원찮은 게 아주 잘하는 짓"이라며 엄마에게 등짝을 맞을지언정 나로서는 어쩔 수 없었다. 연애 초기에는 응당 돈이 들어가기 마련이니까. 일단 시시때때로 옷가지를 사들여야 한다. 연애 초기에 같은 옷을 연달아 입는 건 직무유기다. 늘 예뻐 보이고 싶으니 미용실에도 가야 한다. 부스스한 반곱슬도 좍좍 펴주고, 손이 많이 가는 짧은 헤어스타일도 부지런히 다듬어야 한다. 그뿐인가. 피부과나 성형외과 광고에도 자꾸만 눈이 간다. 과도한 꾸밈 노동에 휩쓸리지 않겠다는 약속, 나의 몸을 사랑하겠다는 다짐은 '당신도 예뻐질 수 있다'는 메시지 앞에서 쉽게 증발된다. 저 주사를 맞으면 정말 군살이 없어지려나, 이참에 제모는 영구적으로 해두는 게 좋지 않을까, 역시 피부는 레이저로 관리해야겠지, 맞고 나서도 바로 일상생활이 가능하다는 저 시술 괜찮네……. 써놓고 보니 『보바리 부인』 속 이야기는 남의 이야기가 아니다. 사랑에 빠져 사치를 일삼는 이 세상 모든 보바리 부인들에게 심심한 위로를 보낸다. 우리의 인생이 파국으로 치닫지는 않기를 바라며…….

과소비하는 것은 돈뿐만이 아니다. 시간 역시 낭비의 대상이 된다. 온종일 연인의 문자를 기다리는 건 사랑에 빠진 사람들의 법칙이다. 사진을 보고 또 보며 히죽거리고, 그간 있었던 소중한 추억을 처음부터 끝까지 몇 번이고 되새겨 반복하는 것 또한 마찬가지다. 연인의 SNS를 훑어보며 그와 관련된 모든 흔적을 게걸스럽게 탐색하기도 한다. 핸드폰의 열기가 식을 틈이 없다.

이 시기에는 책을 읽어도 사랑 이야기에만 눈이 가고, OTT 서비스를 이용할 때도 '로맨스' 카테고리에서 서성이게 된다. 사랑의 열기에 들떠본 사람들은 안다. 도무지 어쩔 수 없다는 것을. 그 사람이 나를 온통 휘어잡고 놓아주지 않는다는 것을.

상대가 나의 우선순위 꼭대기에 자리를 잡는 순간 일상은 엉망이 된다. 하고 있던 일들, 처리해야 하는 숙제들은 모두 뒷전이 되고, 일상이 흔들리기 시작한다. 이렇게 정신없이 빠졌다가 문득 이런 생각도 든다. '내가 지금 왜 이러고 있지?'. 불안감과 자괴감이 형태를 가지고 피부에 닿는 듯하다. 나는 왜 이렇게도 잘 휩쓸리는 사람인 걸까? 나는 왜 이렇게 중도가 없을까? 이렇게 동동거리다가는 상대방이 나에게 금방 질리지 않을까. 초조해진 나는 스스로의 행동을 제어하려 노력하지만 이게 또 쉬이 되는 일이 아니다. 떠오르는 생각들을 애써 내쳐보려 하지만, 그의 문자 한 통에 다시금 감정의 폭풍에 휘말린다.

늘 궁금했다. 이런 연애는 미성숙함의 증거 아닐까? 나는 성마르고 유치한 사랑을 하고있는 걸까?

사랑에 해답이랄 게 있는지 모르겠지만, 그래도 나의 마음이 조금이나마 편안해질 수 있었던 것은 영화 〈먹고 기도하고 사랑하라〉를 보고 난 이후부터다. 영화의 주인공 리즈는 한차례 이혼을 거치며 몸도, 마음도, 재정 상태도 엉망이 된 채 무작정 여행을 떠난다. 이탈리아에서 마음껏 먹고 마시며 새로운 언어를 배우고, 인도에서 명상을 하며 과거의 아픔을 떨쳐낸 리즈의 마지막 여행지는 인도네시아다. 발리의 한 노승을 찾아가 명상과 삶의 지혜를 배우며 만족스럽게 삶의 균형을 찾아가던 그는 어느 날 길에서 우연히 만난 브라질 출신의 남자 펠리페와 사랑에 빠진다. 두 사람은 정신없이 사랑에 빠져들지만, 리즈의 마음 한편에서는 불안감이 퍼진다. 사랑에 너무 깊숙이 빠져들고 있다는 불안감, 삶이 흔들리고 있다는 혼란함, 또 한 번 사랑으로 인한 태풍이 일어날 것만 같은 초조함이다. 리즈는 이 압박을 이기지 못하고 펠리페에게 이별을 고하고 만다. 이별 후 노승을 찾아간 그는 눈물을 흘리며 고백한다.

"제 삶의 균형을 다 잃어버리는 것 같아요. 벌써 몇 주

째 명상이라고는 하지도 못했어요. 다시 중심을 되찾고
싶어요."

리즈의 말을 들은 노승은 별 이상한 소리를 다 듣겠다
는 듯이 대꾸한다.

"사랑으로 인해 균형을 잃어버리는 것도 균형이에요,
리즈."

리즈가 깨달음을 얻을 때, 나도 그 깨달음의 여정에 함
께하고 있었다. 사랑으로 균형을 잃는 것도 균형이구나.
내가 들어본 사랑에 관한 정의 중 가장 멋졌다.

한편, 누구보다 멋지고 격렬하게 균형을 잃는 여성이
있다. 바로 작가 아니 에르노다. 연애의 격류에 휩쓸려
혼란스러울 때마다 나는 아니 에르노의 소설 『단순한 열
정』을 펼쳤다. 소설과 일기의 경계를 허물고 자전적인 이
야기만을 쓰기로 유명한 작가 아니 에르노는 소설의 도
입부부터 이렇게 쓰고 있다.

"작년 9월 이후로 나는 한 남자를 기다리는 일, 그 사람
이 전화를 걸어주거나 내 집에 와주기를 바라는 일 외에
는 아무것도 할 수 없었다."°

°   아니 에르노. 『단순한 열정』 역자 최정수. 문학동네, 2012, p.11.

60쪽 남짓의 짧은 소설에서, 아니 에르노는 한 외국인 유부남과 사랑에 빠졌던 자신의 이야기를 가감 없이 털어놓는다. 이 시절을 한 편의 소설로 재구성하기 위해 많은 윤문을 거쳤다고는 하지만, 내가 보기에는 아니 에르노의 글만큼 솔직한 글도 드물다. 이 소설에서 아니 에르노는 사랑에 빠진 여자가 할 수 있는 모든 생각과 행위를 날 것으로 드러낸다.

글에 지나치게 몰입한 나머지, 아니 에르노와 나를 묶어 '우리'라고 부르고 싶어진다. 이를테면 사랑에 푹 빠진 우리 같은 여자들은 이렇다. 우리는 하염없이 연인의 전화를 기다린다. 오랫동안 미루어 온 일들이, 더는 미룰 수 없어 당장 해치워야 할 일들이 산재해 있지만 우린 해야 할 일은 하지 못하고 마음이 들떠서 부산을 떨 뿐이다. 사랑하는 마음이 너무 커져서, 우리는 가끔 불안 증세를 보인다. 사랑의 중력이 나에게만 너무 크게 작용하는 것 같을 때, 시소가 온종일 나의 쪽으로만 기울어 있는 것 같을 때 우리는 생각한다. 나에게는 그 사람과 계속 함께할 수 있는 매력이 없다고. 누군가가 먼저 이 관계를 끝낸다면, 그건 내가 아닌 상대일 거라고 확신한다. 가슴에 구멍이 뚫린 것 같은 공허와 초조를, 쇼핑 같은 소비로 달래보려 하지만 그 시간마저도 결국 연인에게로 귀결된다. 새로 산 옷과 액세서리, 구두를 착용해 볼 때,

우리는 '나'의 취향이 아닌, 상대의 눈을 통해 나 자신을 판단한다. 그의 눈에 이 차림새가 어때 보일까? 그가 보기에 내가 예쁠까? 사랑에 빠진 우리는 오로지 상대를 통해서만 사고한다.

백년해로가 사랑의 가장 이상적인 결말이라고 한다면, 아니 에르노의 사랑은 결코 이상적이지 않다. 남자 A는 유부남이었고 그들의 관계는 불륜이었으니 '이상적인 사랑'이라는 수식은 애초에 어울리지 않는다. 그런데도 『단순한 열정』이 나에게 최고의 사랑 소설인 이유는, 한 사람을 온통 뒤흔들고 가는 사랑의 불가피하고 파괴적인 속성을 여과 없이 전해주고 있기 때문이다. 남자 A가 떠난 후 아니 에르노는 혼자가 되었지만, 이 기록은 여전히 의미가 있다. 자신을 과하게 미화하거나 연민하지 않으면서 그 시절의 사랑과 감각을 그대로 남겨두었다는 점, 그럼으로써 사랑에 빠졌던 한 시절의 자신을 영원히 기억하려 했다는 점에서 그렇다.

누군가는 말할지도 모르겠다. 저런 사랑은 진짜 사랑이 아니라고, 진정한 사랑이라면 저런 모습이어서는 안 된다고, 더 긍정적이고 이상적인 결말에 도달했어야 한다고 비판할지도 모르겠다. 대부분은 그보다 더 성공적인 사랑을 꿈꾼다. 연인과 함께 늙어가며 행복을 영위하는 삶, 백년해로하는 삶, 그 사람과 더불어 조화로움을 찾아가는 이상적인 삶.

하지만 그런 사랑에 진입하기 위해, 우리는 한 번쯤은 된통 흔들려야 할지도 모르겠다. 격정적인 사랑의 물결을 타고 굽이굽이 거세게 휘몰아쳐야 할지도 모른다. 사랑 때문에 균형을 잃는 것도 삶의 일부니까.

안다고 되는 일은 아니라서

속옷 서랍을 정리했다. 서랍 속은 그야말로 아수라장이 따로 없었다. 와이어가 튀어나와 명치를 찌르는 브래지어, 헤지고 보풀이 일어난 팬티, 살 빼고 입겠다며 아껴둔 슬립들, 접착 면이 닳아 도무지 가슴에 붙어있지를 못하는 누드 브라들. 망설임 없이 골라내 모조리 쓰레기 봉투 속으로 던져 넣었다. 어느 정도 선별 작업이 끝나자 봉투가 제법 묵직해졌다. 그동안 뭘 이렇게 사들이고 싸짊어지며 살았던가. 참회하는 마음으로 봉투 속을 들여다보니 예닐곱 개의 브래지어들이 속옷 더미 속에서도 작위적일 정도로 봉긋한 볼륨을 유지하고 있었다. 저렇게 고집스러운 뽕들이라니!

과거의 나는 이런 홍보 문구에 혹했다. "가슴을 모아줍니다", "비어있는 윗가슴을 채워줍니다", "등과 겨드랑이의 군살을 감춰줍니다", "볼륨감이 있어 옆태를 살려줍니다". 지금 보면 뻔하디뻔하면서도 어딘가 숨 막히는 문구였다. 하지만 당시에는 그런 상술에 홀려 기꺼이 지갑을 열었다. 뽕들의 힘을 빌려 섹시의 화신으로 환골탈태라도 하고 싶었던 걸까.

한편, 휘황찬란한 속옷 더미 중에서도 가장 눈에 띄는 속옷이 있었으니, 눈이 시릴 정도로 노골적인 핫 핑크 브래지어였다. 앞뒤 할 것 없이 자잘한 레이스로 덮여있고, 시각을 자극하는 점 외에는 별다른 용도가 없는 끈들이 잔뜩 달려있으며, 패드 두께가 족히 4센티미터는 되어 보이는 속옷을 보자, 부끄러운 기억이 떠올랐다. 20대 초반, 이 속옷을 입고 남자친구를 만나던 날이었다. 무르익은 분위기 속에 그의 손이 브래지어 후크를 풀려는 순간……! 나는 그만 화장실로 도망쳐 버리고 말았다.

　수치심. 연인 앞에서 옷을 벗을 때면 나는 매번 그 감정을 느꼈다. 두꺼운 패드로 포장한 빈약한 가슴을 내놓는 게 민망하고 두려웠다. 그뿐인가. 이 볼록 나온 배는 어떻고. 오톨도톨한 겨드랑이와 신경 써서 밀어도 자꾸만 올라오는 종아리 털들까지. 나는 당장이라도 연인에게 나의 몸에 관해 이실직고하고 싶었다. 하지만 그러지 못해 범죄자라도 된 듯 황급히 불을 꺼 몸을 감추거나 가슴 위로 올라오는 손을 철통방어할 수밖에 없었다. 이 감정이 죄책감이라면 죄명은 뭘까. 사회가 정의한 아름답지 않은 몸을 가진 죄? 아니면 아름답지 않은 몸을 은폐하려한 죄? 수치심은 성적 쾌락과 사랑이라는 감정을 단번에 압살하곤 했다.

　관계를 마치고 서둘러 옷을 입어보아도 불편함은 쉬이 가시지 않았다. 나의 몸에 실망한 연인이 나를 떠날까 두려웠고, 나의 몸을 비난하고 조롱할까 봐 무서웠다. 볼품없는 몸매를 간파당했으니 다시금 속옷을 꿰어 입어 보아도 민망함이 가시지 않았다. 나의 몸은 나에게 아름답지 못한 몸, 그래서 옷을 벗으면 무언가가 '들통'나는 몸이었다.

거울 앞에 서서 몸의 단점을 찾지 않을 수 있는 사람이 세상에 있기는 할까? 내가 가진 몸에 대한 혐오는 무조건반사만큼이나 즉각적이고 불가피했으며, 기나긴 추적처럼 끈질기고 집요했다. 이렇듯 평생에 가까운 시간 동안 아름답지 못한 몸의 굴레 속에서 살아온 내가 '보디 포지티브Body-Positive'라는 단어에 사로잡힌 건 당연했다. '자신의 몸을 있는 그대로 긍정하자'는 그 메시지가 나에게는 꼭 필요했다.

쏟아져 나오는 페미니즘 책들을 탐독하고 작지만 의미 있는 변화를 감지하며 나는 점차 용기를 얻었다. 미디어에서는 전과 다른 다양한 연령대, 피부색, 사이즈를 가진 모델들이 활약하기 시작했고, 속옷 트렌드도 크게 변해 노 와이어 브라, 브라렛, 여성용 사각 트렁크가 유행하게 되었다. 두꺼운 패드, 흉통을 조이는 와이어, 과도한 장식들이 제거된 속옷을 입고 편안한 포즈를 취한 모델들의 모습을 보면 내가 다 숨통이 트이는 기분이 들었다. 노브라로 외출해도 어깨를 구부리지 않는 여자들, 도드라지는 바스트 포인트에 아랑곳하지 않고 등을 곧게 편

여성들의 모습도 보기 좋았다.

보디 포지티브는 나를 구원해 줄 한 줄기 빛이었다. 사람의 외형이 모두 저마다 다르다는 사실, 각각의 몸은 그 존재만으로도 충분하고, 설령 아름답지 않다고 여겨지는 몸이라고 해도 상관없다는 사실이 나에게는 큰 위안이 되었다. 나도 나의 몸을 그와 같은 방식으로 존중하고 싶었다. 세상이 조금씩 변하고 있으니, 그 길을 따라 걷다 보면 나도 곧 나의 몸을 사랑할 수 있으리라고 믿었다.

그래, 그랬어야만 했는데…… 이상하게 나는 번번이 굴러떨어지는 기분이 들었다. 자기혐오가 나의 충실한 심복이라도 되는 것처럼 늘 나의 곁으로 돌아왔다. 여성의 습관적인 허기와 거식증에 관해 경고하는 책을 읽으면서도 나는 하루에 한 끼만 먹으며 식사량을 제한했고, 번번이 체중계 위로 올라가는 일을 멈추지 못했다. 여성의 신체를 하나씩 뜯어 해체하고 평가하는 시선을 비판하면서도 화장실 거울 앞에서 나의 단점을 신랄하게 뜯어보고 있는 게 나라는 인간이었다. 나의 몸에는 끊임없는 단서가 달렸다.

'자기 몸을 긍정해야지. 그런데 이 아랫배는 좀……. 아니야, 이러면 안 되지. 아무리 그래도 이 주름은 좀…….'

보디 포지티브의 주문을 여러 번 되새겨 보아도 거울

앞에 서면 어김없이 미끄러지는 일상이 이어졌다. 끊임없이 돌을 밀어 올렸다가 떨어지고, 다시 밀어 올렸다 떨어지기를 반복하는 나는 그야말로 시시포스Sisyphus의 충실한 자식새끼였다. 단단하게 자신만의 목소리를 내는 여성들의 모습이 떠오를 때면 부끄러웠다. 나는 참 염치가 없다고. 내가 페미니즘의 발목을 잡는 게 아닌가 하는 우울한 생각까지 들었다.

이율배반의 괴로움이 날로 더해져 가는 동안, 책을 통해 배운 지식과 평생에 걸쳐 형성된 자아는 서로 정반대 방향을 향해 달음질하고 있었다. 나는 이대로 살 수밖에 없는 걸까? 양쪽으로 팽팽하게 당겨지며, 영원토록 사지가 찢기는 기분으로 살아야 하는 걸까?

목과 팔다리가 동서남북으로 분해되기 직전, 천만다행으로 작가 캐롤라인 냅을 만났다. 자신의 거식증 경험을 고백함과 동시에, 여성의 다양한 욕구와 사회의 압박에 대해 통찰한 책『욕구들』을 통해 그는 말한다. 많은 이들이 페미니즘에 대해 지적인 신념을 가지고 있지만, 정작 몸과 마음으로는 체화하지 못했다고 말이다. 그의 이야기에 따르면 나에게는 머리를 따라갈 정서적인 준비가, 변화를 온몸으로 받아들일 충분한 시간이 필요했다. 나는 나에게 시간을 주어야 했다. 보디 포지티브라는 단어의 굴레에 갇혀 또 스스로에게 가혹해질 필요는 없었다.

오랜 시간 동안 자신의 몸을 혐오해 온 여성들의 목소리가 부쩍 많이 들려온다. 나는 반갑고 애틋한 마음으로 그들의 발화에 귀를 기울인다. 그들은 모두 고백한다. 요즘도 종종 자기혐오에 시달린다고. 나의 몸을 온전히 사랑하는 일에 아직 서툴다고.

어쩔 수 없이, 나도 비슷한 고백을 해야겠다. 나는 여전히 거울 앞에 서서 나를 평가하고, 그 시선은 잘 선 칼날처럼 예리해 스스로에게 상처를 입히기도 한다. 이 글이 자기혐오에 휩싸였던 과거를 멋지게 청산하고 나의 몸에 대한 긍정적인 시각을 얻었다는 후련한 결말로 끝난다면 얼마나 좋을까. 하지만 아직 갈 길이 멀다. 나는 오늘도 다리를 가늘게 만들어 준다는 압박 스타킹을 인터넷 장바구니에 담고, 살 안 찌는 야식이 뭐가 있을까 고민하고 있다.

바뀐 게 있다면 속옷 정도일까? 나는 지금 패드가 없는 편안한 속옷을 입고 글을 쓰고 있다. 바스트 포인트와 흉통의 둘레를 정확하게 측정해서 구매한, 몸에 딱 맞는 단정한 속옷이다. 볼륨과 섹시를 부르짖는 현란한 속옷들이 더는 나에게 없다. 그 대신 몸을 과하게 조이진 않는지, 불편하게 말려드는 원단이 아닌지, 몇 번을 입고 빨아도 충분히 재질이 좋은지를 고려해 구매한 속옷들이 서랍을 채우고 있다.

　물론 속옷을 바꾸는 것만으로 모든 고민이 해결되지는 않는다. 보디 포지티브가 그렇게 간단하지만은 않으니까. 나는 실패한 걸까? 결말이 이런 식이라면 나는 왜 자꾸 말하려고 하는 걸까? 캐롤라인 냅은 말한다. 다른 방향으로 흐르는 조류의 존재를 느낌으로써 희망을 가질 수 있었다고.

　나 역시 결핍과 욕망을 털어놓는 여성들의 목소리에서 많은 용기와 힘을 얻었다. 불완전함과 미약함을 품고 있지만, 끝내 터져 나온 목소리들을, 나는 신뢰한다. 나는 그 목소리에 힘을 보태는 중이다. 이 음성이 누군가를 부축해 주고 견인해 줄 수 있기를 바라면서.

노후 준비

처음으로 새치를 발견한 건 서른 살을 막 넘긴 무렵이었다. 오른쪽 이마 언저리에서 남다른 빛깔을 뽐내고 있던 흰 머리칼을 나는 대수롭지 않게 뽑아 수챗구멍에 흘려보내고 잊어버렸다. 그러고는 두 달쯤 지났을까. 바로 그 자리에서 다시 새치를 발견했다. 흰머리는 매번 똑같은 자리에서, 더도 말고 덜도 말고 딱 한 올만 자라났기에 딱히 노화의 증거로 보이지는 않았다. 그냥 별종인가 보다, 생각했을 뿐이다.

그렇게 시간이 얼마간 더 흘렀다. 그날 오후 나는 외출 준비를 하고 있었다. 오랜만에 가지게 된 친구들과의 술자리를 앞두고 신이 난 나는 허브 팩을 얼굴에 두툼하게 발라둔 채 거울 앞에 바짝 붙어 눈썹 정리를 하고 있었다. 그러다 발견하고 만 것이다. 흰머리를! 게다가 이번에는 한 올이 아니었다. 몇 가닥의 흰머리가 여기저기에서 자라고 있었다.

'이건 돌연변이가 아니다! 이번엔 진짜 흰머리야!'

혹시 빛에 반사되어서 흰색으로 보이는 건 아닐까 싶어, 여러 각도에서 머리칼을 흩뜨려도 영락없는 흰머리였다. 절망스러운 심정으로 한 가닥을 들어 올렸지만, 예전처럼 무심코 뽑아버릴 수가 없었다. 뽑으면 그 자리에 두 개가 난다고 했던가……. 나는 미용 가위를 들고 조심스레 흰머리들을 잘라냈다. 잘라낸 머리칼은 총 일곱 가닥이었다. 외출의 설렘이 70% 감소한 채로, 나는 팩을 씻어내고, 화장하고, 옷을 갈아입고 집을 나섰다.

"그건 진짜 흰머리였어."

몇 시간 전의 충격을 되새기며 친구들에게 하소연을 늘어놓았더니, 친구들도 저마다 한마디씩 보탰다. 우리의 대화는 몸과 마음으로 들어온 노화의 증거들을 공유하며 급물살을 탔다. 누군가는 꺼지는 관자놀이와 퀭해진 눈 밑에 대해, 누군가는 점점 낮아지고 갈라지는 목소리에 대해, 누군가는 가로로 깊게 파인 목주름에 대해 이야기했다. 특정한 누군가의 사연이랄 것도 없이, 우리는 서로의 이야기에 격한 공감을 이어갔다. 무섭게 파고드는 노화의 그림자에 너 나 할 것 없이 마음이 어둑해져 있었던 것이다.

"생각해 봐. 내가 길을 지나가는데 아무도 나를 여자로 안 봐. 아무도 나를 매력적이라고 생각하지 않아. 그냥 '지나가는 할머니 1'인 거야. 나는 그게 너무 무서워."

"맞아. 나는 요즘에 누가 나보고 학생이라고 부르면 그렇게 좋더라. 예쁘다는 말보다 더 좋아, 그게."

"사람은 나이가 들면 무성에 가까운 존재가 되는 것 같아."

"무섭다. 늙고, 아프고, 가난한 나."

간간이 내뱉는 한숨이 대화에 쉼표처럼 찍혔다.

우리의 두려움은 '나이 드는 일은 무언가를 잃어가는

일'이라는 생각에서 기인하고 있었다. 젊음과 아름다움, 성적인 매력, 세상의 빠른 변화에 적응하는 능력, 건강과 활기와 호기심과 여유 같은 것들 말이다. 이것들이 시간의 틈새로 전부 사라지고, 나 혼자만 덩그러니 서쪽으로 기울어 버렸을 때, 그때에도 우리는 사랑받을 수 있는 존재일까. 가치가 있는 존재일까. 고민한다. 여성의 노화에 관한 사회의 부정적 시선에 오래 노출되어 있던 탓에, 우리는 노화(의 편견)으로부터 자유로워질 수 없었다. 노화를 두려워하는 사람들이 정해져 있지는 않겠지만, '젊은 여성'만이 사랑받는 사회에서 '노화가 시작된 여성'은 쉽게 불안해진다. 나이가 드는 것은 당연하고 전혀 나쁜 게 아닌데도 말이다.

＊

사람들은 저마다 '노화'에 얽힌 기억이 있다. 조부모와 부모는 물론이거니와 동네에서, 대중교통에서, 방송 매체에서, 각기 다른 곳에서 마주친 노인들의 모습은 때로 강렬한 이미지로 일반화되거나 각인된다. 이 이미지는 나이 든다는 사실에 대해 존경과 설렘을, 두려움과 경각심을, 때로는 덤덤한 수용성 감정을 심어줄 수 있다. 나에게도 이런 기억들이 있다. '노화'라는 섬을 구성하는 핵심 기억 몇 가지를 나도 가지고 있다. 그중 가장 강렬한 세 가지의 기억에 관해 이야기하고 싶다.

　첫 번째 핵심 기억. 대구에 있는 납골당에 들렀을 때였
다. 곧 비라도 내릴 듯 흐리고 낮은 하늘 아래, 봉분들이
끝도 없이 늘어서 있었다. 숙연한 마음으로 옷매무새를
가다듬고 본관으로 들어섰을 때, 한 중년 여성이 입구에
있는 방명록에 글을 남기고 막 돌아서고 있었다. 스쳐 지
나가는 그에게서 엄청난 향수 냄새가 풍겼다. 차림새 또
한 화려했다. 화장은 짙었고, 머리는 잔뜩 부풀린 채 고
정되어 있었다.
　'납골당에 참 요란하게도 하고 오네.'
　나는 괜스레 눈살을 찌푸렸다. 가족의 유골함을 찾아
준비해 온 조화를 매달고, 인사를 드린 후 돌아가려는데
입구에 펼쳐져 있는 방명록에 눈길이 갔다. 방명록의 마
지막 장에는 이렇게 쓰여있었다.

　　　　　나도 이제 나이가 많이 들었어.
　　　　　혹시 당신이 못 알아볼까 봐
　　　　이렇게 꾸미고 왔네. 잘 있어. 또 올게.
　　　　　　　　　-당신의 부인.

　요란한 차림새로 나를 스쳐 지나갔던 그가 떠올랐다.

남편을 먼저 떠나보내고 홀로 나이 들어버린 그는 젊었을 적의 모습을 잃어버린 자신을 남편이 알아보지 못할까 봐 겁이 났던 모양이다. 그 세월을 붙잡아 보려는 듯 열심히 단장했을 모습이 떠올라 마음이 먹먹해졌다.

두 번째 핵심 기억. 나와 지인은 작은 지방 도시를 여행하던 중이었다. 끼니때가 되자 배가 고파진 우리는 가까운 읍내로 향했다. 워낙 사람의 발길이 뜸한 도시여서 그런지, 점심시간인데도 가게 대부분이 문을 닫은 채였다. 한참을 헤맨 후에야 작고 낡은 식당 하나를 발견할 수 있었는데, 그 집 문 앞에는 '38년 전통의 맛집!'이라는 문구와 함께 옛날 옛적 어떤 프로그램인가에 출연할 당시의 빛바랜 사진이 걸려있었다. "오, 오래된 맛집인가 봐" 하고 우리는 호들갑을 떨며 가게에 들어섰다. 졸고 있던 주인 할머니가 갑작스러운 인기척에 놀라 일어났다. 그는 이렇다 할 인사도 없이 곧장 주방으로 들어가 능숙한 솜씨로 그릇을 꺼내고, 토렴을 하고, 식사를 내주었다. 그의 행동과 동선에는 군더더기가 전혀 없어서 단호함과 우아함마저 느껴질 정도였다. 만족스러운 식사를 마친 우리는 벗어두었던 신발을 신고 계산대 앞에 섰다. 카드를 내밀자 그는 기계 앞에서 당혹스러운 표정으로 머뭇거렸다. 조금 전의 재빠르고 능숙했던 몸짓은 온데간데없었다. 영문을 몰라하던 차에 그의 뒤로 이런 글귀가 보였다. A4용지에 볼펜으로 눌러 쓴 꼬질꼬질한 문구였다.

우리 어머니가 올해로 아흔이 넘었습니다.
귀가 안 들려 손님들의 요청사항을 못 들을 수 있습니다.
카드 기계 사용을 어려워하십니다.
가급적 현금 결제를 부탁드립니다.

할머니의 아들이 써둔 글인 듯했다. 나는 얼른 카드를 거두고 현금을 내밀었다. 계산을 마치고 나오는 길에 흘끗 뒤돌아 보자, 그가 문턱에 걸터앉아 눈을 감는 모습이 보였다. 무척 피로해 보이는 얼굴이었다.

세 번째 핵심 기억. 이사를 앞두고 있던 날이었다. 책이 한가득 쌓여있는 책장을 보자 한숨이 나왔다. 포장 이사를 불렀다고는 하지만 미리 정리하지 않으면 주제별로 분류한 책이 몽땅 뒤섞이고 말 터였다. 다른 건 몰라도 책만큼은 직접 싸두자고 생각한 나는 박스를 구하기 위해 집 앞 슈퍼로 향했다.

"제가 이사를 가려는데 박스가 조금 필요해서요. 가게에서 쓰는 박스 대여섯 개만 가져가서 쓸 수 있을까요?"

슈퍼 사장님은 흔쾌히 그러라고 했다. 허락을 받고 박

스를 챙기고 있는데, 할머니 한 분이 소리를 지르며 급히 나에게로 다가왔다. 그는 거친 손으로 나의 손에 있던 박스를 낚아채며 소리를 질렀다.

"이걸 왜 가져가!"

"제가 이사를 해서 조금만 가져다 쓰려고요."

이런 나의 대답에도 할머니는 아랑곳하지 않고 소리를 질렀다. 내가 물러서지 않고 설득하려 하자 그의 언성은 더 높아졌다.

"젊은 년이 도둑질하고 있어!"

밑도 끝도 없이 욕을 들어먹자 나의 언성도 높아졌다.

"사장님이 가져가도 된다고 했는데 할머니가 왜 이러세요!"

할머니는 기어코 나의 손에 들린 박스를 낚아채 리어카에 켜켜이 싣고는 사라졌다. 뒤돌아서는 순간까지 그는 욕을 내뱉고 있었다. 박스를 모조리 빼앗긴 채 멀뚱히 혼자 남겨진 나를 지나가던 사람들이 흘끗흘끗 돌아보는 게 느껴졌다. 억울하고 민망해져 기어이 이런 차가운 생각까지 하고 말았다.

'어휴. 저렇게 늙지 말아야지.'

어쩌면 그에게는 생사의 문제였을지도 모르는데, 나는 쉽게 그를 미워하려 했다.

이 핵심 기억들이 나에게 불러일으키는 감정은 불안과

두려움이었다. 소설가 필립 로스의 말처럼 노년은 가장 약하며, 예전처럼 투지를 불태우기 가장 힘들 때 일어난 전투였다. 아니, 어쩌면 '대학살'이었다. 그들의 약함을 나는 악함으로 받아들이고 말았던 것이다.

노화의 기척을 떠올리고 있는 사이 급격하게 피로감이 몰려왔다. 어쩌면 사람은 늙음을 떠올릴 때마다 조금씩 늙어가는 건지도 모른다.

*

밤 11시쯤, 친구들과 마지막 술잔을 부딪쳤다. 건배사는 이러했다.

"노후 준비합시다."

집으로 돌아오는 길에 그 문장을 거듭 곱씹어 보았다.

노후 준비합시다. 노후 준비는 어떻게 하는 걸까. 흔히 노후 준비의 양대 산맥으로 여겨지는 행위가 있다. 하나는 '자식 출산'이고, 다른 하나는 '목돈 마련'이다. 일단 '자식 출산'에 대해서 이야기해 보자면, 나는 출산을 할 생각이 없으니 흔히 '자식 덕'을 보고 살 일은 없다. '자식이 곧 노후 준비'라는 소리는 나에게 말이 안 된다. 이런 어설픈 등식에 기대고 싶지도 않으니까 패스! 그렇다면, 목돈을 모으면 되는 걸까? 확실히 여유가 있다면 덜 서러울지도 모르겠다. 원하는 곳에서 쾌적하게 먹고 입고 자며 삶

을 꾸릴 수 있을 테고, 전문 인력에 일손을 의탁해 약해
진 가사 노동력을 메꿀 수도 있을 테다. 아플 때 참지 않
고 병원에 갈 수 있고, 도움이 필요한 사람들에게 인색해
지지 않을 수도 있다. 먹고살 걱정 없이 취미와 배움에
몰두해 다채로운 일상을 누린다면 인생의 무료함이나 권
태를 느낄 겨를도 없지 않을까. 하지만 당연하게도, 자산
의 규모와 상관없이 인간이라면 누구나 늙는다. 아무리
거스르려 노력해 보아도 시간문제일 뿐, 언젠가는 모두
가 젊음과 건강에서 서서히 멀어져 갈 것이다.

　온갖 방법으로 몸을 비틀어도 뻔한 진리로 귀결될 수
밖에 없다. 삶의 장력에서 벗어날 수는 없다는 것. 내칠
수 없다면 품을 수밖에 없으니, 이왕이면 온 힘을 다해
서, 스스로 미워하지 않으며 보살피고 싶다. 늙고 아픈
나라도 나만큼은 나를 어여쁘게 여겨야 하니까. 어쩌면
노후 준비란, 인생의 어느 시기에 서 있더라도 나만큼은
무조건 나의 편이 될 수 있도록 마음을 다지는 일일지도
모르겠다. 나이 든 나를 더는 미워하지 않을 준비가 되었
을 때, 삶을 살아가는 동안에 차별 없이 스스로에게 마음
쏟을 준비가 되었을 때, 비로소 성공적인 노후 대비를 했
다고 말할 수 있지 않을까?

　나이 든 내가 사납거나 뾰족해지지 않고 온화했으면

좋겠다. 불로불사는 불가능하지만 살아있는 동안 건강하고 단단한 마음으로 지내다가 이윽고 몸과 마음이 노곤해질 때면 언제든 주변 사람과 사회에 기댈 수 있으면 좋겠다. 배움과 익힘이 귀찮아지지 않도록, 깨달음의 즐거움으로 나 자신을 계속 담금질할 수 있다면 좋겠다. 그러려면 지금보다 더 부단히 노후 준비를 해야 한다. 나보다 한발 앞서 살아가는 사람들의 멋진 모습을 기억해 두고 싶다. 그러면 훗날 늙은 나에게도 언젠가는 편안하고 아늑한 기억이 쌓이지 않을까. 아직 오지 않은 그 미래는 어쩐지 투명하고 말간 빛깔일 것만 같다.

그 녘으로 운전해 보냈습니다

황선우 『사랑한다고 말할 용기』

친구와 나는 함께 유튜브를 보고 있었다. 어느 젊은 여성이 새로운 자격증 취득에 도전한다는 내용의 브이로그였다. 그는 이미 열 개 가까이 되는 자격증을 가지고 있었지만, 앞으로도 다양한 자격증을 취득하고 싶다는 의사를 내비쳤다. 과자 부스러기를 검지로 꾹꾹 찍어 먹던 친구가 감탄사를 내뱉었다.

"와, 쩐다……."

그는 이어서 나에게 물었다.

"너 자격증 있어?"

"없지. 너는 있어?"

"없지."

"패기가 대단하구만. 이런 시대에 노스펙이라니."

우리는 시답잖은 대화를 이어가며 킬킬 웃었다. 몇 분쯤 영상을 건성으로 보고 있는데 친구가 너그러운 목소리로 이렇게 말했다.

"주민등록증이랑 면허증만 있으면 됐지, 뭐. 안 그래?"

"……."

"없었나, 너?"

그랬다. 나는 운전면허증이 없다. 그간 아쉽긴 했어도 큰 어려움 없이 살아왔는데, 최근에는 사정이 조금 달라졌다. 일찍이 운전할 자격을 갖춘 멋진 여성들이 자꾸만 나를 자극했던 것이다. 그중에는 동료 북튜버 B가 있다.

도서관에서 B와 합동 강의를 하던 날이었다. 대중교통 만으로 접근하기가 쉽지 않은 곳에 차를 쓱 끌고 나타난 그는 더운 날씨에도 땀 한 방울 흘리지 않은 모습이었다. 반면 나는 땀과 기름에 찌들어 있었다. 주차증이 필요하냐고 묻는 행사 관계자의 물음에 손사래 치는데 어쩐지 조금 서글픈 기분이 들었다. 나의 마음을 달래주기라도 하듯, 그는 강의가 끝나자 나를 근처 지하철역에 내려주고는 복잡한 도로 속으로 슉 섞여들며 사라졌다. 뿐만이 아니다. 절친들과 함께 간 제주 여행에서 대표로 운전대를 잡은 친구의 모습도 자극이 되었다. 친구의 거침없는 운전 덕분에 우리는 편히 제주 구석구석을 누빌 수 있었다. 심지어 숙취로 쓰러진 나를 싣고 읍내 병원으로 내달리기도 했다. 곧 한 아이의 엄마가 될 그 친구는 이제 자신의 차에 소금이(태명)를 태우고 필요한 곳이라면 언제 어디든 달려갈 수 있게 되었다.

이 멋진 여성들 덕분에 운전에 대한 욕망은 나날이 커졌다. 다른 누구의 도움이 아닌 나의 힘으로 멀리멀리 훌훌 달려 나가고 싶었기에 올해만큼은 반드시 면허를 따야겠다고 마음먹었다. 하지만 면허를 따려면 시간과 돈이 필요했고, 바쁜 일정들과 급한 소비들에 밀려 면허 취득의 꿈은 하루하루 멀어져만 갔다. 이래서는 또 올해를 넘겨버릴 것 같아 다시 한번 결의를 불태우기로 했다. 천리 길도 한 걸음부터. 일단 면허 학원 등록에 필요한 증명사진부터 찍기로 하고는 서울의 한 스튜디오를 방문했다.

그 스튜디오는 일반 사진관에 비해 촬영 비용이 몇 배나 비싼 곳이었다. 사진을 잘 찍어놓아야 학원 등록도 미루지 않고 얼른 할 것 같다는 심산이었기에, 그 정도는 감수하기로 했다. 결연한 마음으로 메이크업을 하고, 새로 산 원피스로 환복까지 한 후 카메라 앞에 앉았다. 그 의지와는 별개로 『오즈의 마법사』에 나오는 깡통 나무꾼처럼 어색하게 삐걱거리기는 했지만. 순식간에 촬영을 마친 후 나는 포토그래퍼에게 물었다.

"잘 나왔을까요?"

그는 잘 나왔으니 걱정하지 말라며 웃으며 이렇게 덧붙였다.

"보정을 하면 또 달라지니까요."

컴퓨터방으로 자리를 옮긴 우리는 커다란 모니터 앞에 마주 앉았다. 본격적인 보정의 시간, 기적 같은 재탄생의 시간이었다. 나는 눈앞에서 턱과 목선과 어깨가 갸름해지는 모습을, 눈코입이 보기 좋게 커지고 작아지는 모습을, 갈라진 앞머리와 삐친 머릿결이 정리되는 모습을 보았다. 한결 아름다워진 사진을 두고 포토그래퍼가 물었다.

"더 고치고 싶은 곳이 있으세요?"

나는 없다고 대답했다. 내가 고치고 싶었던 부위를 이미 기가 막히게 보정해 놓은 상태였기 때문이었다. 기묘한 기분이 들었다. 뭐랄까, 삐딱한 생각이 드는 것이었다. '누가 보아도 저 부위는 안 예뻐 보이는 걸까? 말하지 않아도 보정해 줄 정도로 구린 부분이었던 걸까?' 완성된 증명사진을 손에 들고 스튜디오를 나왔다. 사진 속의 여자는 나인 듯 아닌 듯, 어쨌든 예뻤다.

세상이 말하는 '예쁜 여자'의 기준에 속하기 위해 나는 많은 노력을 하며 살았다. 안경을 쓰면 단춧구멍만 해지는 눈을 감추려 오랫동안 렌즈를 끼고 살았는데, 밤이고 새벽이고 눈이 벌겋게 충혈될 때까지 렌즈를 끼다가 결국 라섹 수술을 하고 나서야 렌즈를 털어버릴 수 있었다. 부모님으로부터 부스스한 곱슬머리를 물려받았기에 매일 아침 고데기로 머리를 지지고 많은 돈을 미용실에 사용하기도 했다. 스무 살 초반에는 엄마 손을 끌고 성형외과에 찾아간 적도 있었다. 돌출된 치아를 하루 만에 가지런하게 만들어 준다는 곳이었는데, 생니를 온통 갈아내고 라미네이트를 붙이는 이 시술에 아주 큰 후유증이 따른다는 것은 나중에서야 알게 되었다. 다행히 엄마의 현명한 상황 판단으로 그 시술만은 피할 수 있었지만 예뻐지고 싶다는 열망은 그대로였고, 결국 나는 치과에서 치아 교정을 받고야 말았다. 엄마가 적금을 털어 마련해 준 돈으로……. 아름다움을 향한 욕망은 쉽게 채워지지 않았고, 갈증은 나날이 심해졌다. 유튜브를 시작하면서부터는 특히 더 예민해졌다. 카메라에 담긴 나의 얼굴을 매일매일 들여다보아야 하는 것은 그야말로 곤혹이었으니까. 틈틈이 옷을 사 모으고, 미용실에 갔다. 얼굴이 환해진다는 화장품을 사서 쓰고, 피부 톤에 맞는 색조 제품을 찾겠다며 소비를 거듭했다. 1년 전쯤에는 주근깨를 없애준다는 레이저 시술과 지방을 녹여준다는 주사도 맞았는데, 쥐뿔도 효과가 없었으므로 비어버린 통장을 보며 눈물을 삼킬 뿐이었다.

보정을 잔뜩 끼얹은 증명사진을 손에 쥐고 돌아오는 길에 이런 생각이 들었다. 외모 관리에 쏟아부었던 노력을 조금 다른 데 쓸 수는 없었을까. 명상을 배울 때, 선생님은 늘 그렇게 말씀하셨다.

"우리의 시간과 돈과 체력은 한정되어 있습니다. 나의 자원을 어디에 어떻게 활용할지가 중요해요."

후에 읽은 자기 계발서들도 모두 입을 모아 이렇게 말했다. 의지력에는 총량이 있다고. 인간의 의지란 지갑 속

현금처럼 고갈되는 것이라고. 꾸밈 노동에 들인 돈과 시간 정도면 면허 정도는 거뜬히 딸 수 있었을 텐데. 어쩌면 경차를 한 대 뽑을 수 있었을지도 모른다. 외모에 대한 강박이 나의 자원을 갈아 넣고도 타인의 평판에 방향키를 넘기는 일이었다면, 면허를 딴다는 건 핸들을 손에 직접 쥐는 일이었다. 그 멋진 일을 여태 못했다니. 분했다.

작가 황선우는 이렇게 말했다.
"차는 여자를 좋은 곳으로 데려다준다."°

'좋은 곳'이란 어딜까. 아픈 반려견을 싣고 곧장 내달려 도착한 병원은 '좋은 곳'일 것이다. 패닉 상태로 다른 사람에게 SOS를 요청하지도, 동물은 태울 수 없다는 택시 기사에게 애걸복걸하지 않을 수 있다면 더 멋질 것이다. 장대비가 쏟아지는 날, 젖은 몸을 버스에 욱여넣는 대신 나의 차를 타고 귀가한 집도 '좋은 곳'일 것이다. 우산이 없는 다른 지인을 데려다주는 기쁨은 덤일 테고. 커다란 캐리어를 트렁크에 실어버리고 훌쩍 떠난 여행지도 '좋은 곳'일 테다. 더 이상 짐이 무거울까 봐 전전긍긍하지

°   황선우, 『사랑한다고 말할 용기』 책읽는수요일, 2021, p.241.

않아도 될 것이다.

지금의 나는 곱게 화장하고 조수석에 올라타기보다 민낯으로 운전석에 올라타기를 더 갈망한다. 그게 훨씬 멋진 일인 것 같다. 요즘 나는 새롭게 자원 분배를 하는 중이다. 나의 소중한 시간과 돈과 체력을 더 나은 방향으로 흘려보내는 게 목표다.

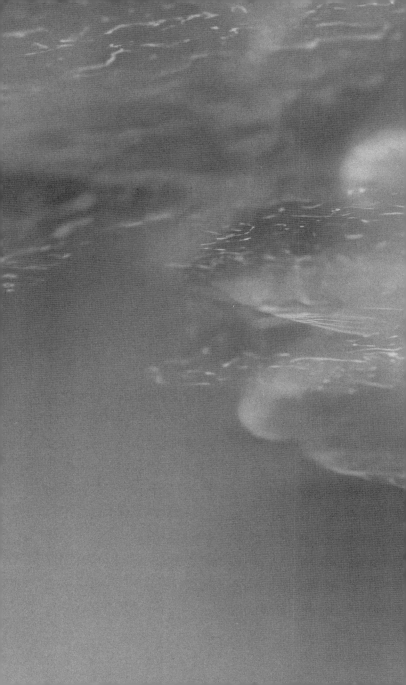

5부

우리가 우리일 때

찬란

경칩驚蟄(만물이 겨울잠에서 깨어나는 시기로 봄의 초입)이 지나고 찬 기운이 가시기 시작하면 자꾸만 걷고 싶어진다. 늦은 점심을 챙겨 먹고 공원을 거닐다 보면 연거푸 행복한 물음표가 떠오른다. 봄에는 왜 오만 것들이 다 예뻐보이는 걸까? 봄의 신비다.

봄날의 공원은 사랑스럽기 그지없다. 낡은 운동화를 꺾어 신고 나간 산책길에서 가장 먼저 나의 시선을 빼앗는 존재는 조팝나무다. 흰 꽃방망이들이 바람 따라 살랑살랑 흔들리는 모습은 정말이지 환상적이다. 여름이 채오기도 전에 더위를 느낀 강아지들이 키 작은 조팝나무 그늘로 숨어드는 모습을 보며 나는 행복해진다. 길을 따라 걸으면 한 무리의 아주머니들이 공원 한구석에 쪼그리고 앉아 봄나물을 뜯고 있다. 도대체 무슨 나물을 채취하는지 궁금해서 기웃거리는데 저 멀리서 다른 아주머니들이 다가와 소리친다.

"거기 엊그저께 약 뿌렸어요! 아휴, 먹으면 큰일나 그거!"

오지랖이 따스하고 다정스럽게 느껴진다. 내가 오지랖의 온기를 느끼는 사이, 아주머니들은 나물 뜯던 손을 탁털고 일어나 유유히 사라진다. 조그만 냇가 건너편에서는 캣맘들이 고양이 급식소에 사료를 가득 채워주고 있다. 양 갈래머리를 하고 공원을 뛰어다니는 꼬마 아이들, 공원마다 삼삼오오 모여앉은 사람들, 반려견과 산책을 나온 주민들. 공원에서 마주친 모습들이 하나같이 편안해, 나는 오래도록 그 모습을 눈에 담는다.

냇가 옆 벤치에 앉아 있으려니 열댓 마리의 하루살이들이 얼굴 근처에 모여들어 춤을 춘다. 손을 선선히 저으니 고집 없이 저쪽으로 날아간다. 햇볕을 받아 반짝반짝 빛나는 하루살이들을 보다가 생각한다. 혹시 봄볕 때문이 아닐까. 노랗고 따뜻한 저 빛이 일종의 필터처럼 세상 만물을 귀하게 감싸고 있는 게 아닐까. 나는 산책 내내 기꺼이 봄에 미혹된다. 일상의 평범한 장면을 특별히 아름답게 만드는 것. 봄의 진면모는 거기에 있다.

봄의 정취를 만끽하면서, 나는 자연스럽게 친구 A를 떠올린다. 그는 봄을 닮았다.

A와 함께 늦은 저녁을 먹은 날이었다. 식사를 마친 우리가 계산을 하고 가게 문을 나서자, 사장님이 따라 나와 셔터를 내렸다. 우리가 가게의 마지막 손님이었던 것이다. 노포들이 줄지어 들어선 허름하고 좁은 거리를 천천히 걷던 우리는 한 무리의 중년 남성들과 마주쳤다. 회식 자리를 막 마친 듯 모두 정장을 입은 채 불콰하게 취해있었다. 그들이 좁은 길을 막아선 채 크고 높은 목소리로 대화를 나누고 있었던지라, 나는 살짝 인상을 찌푸렸다. 무리를 스쳐 지나치려는 찰나, 그들이 난데없이 손을 모

으고 이런 구호를 외쳤다.

"우리는! 행복하자!"

조용하던 거리에 우렁찬 목소리가 쩌렁쩌렁 울렸다. 나란히 걷던 A가 배시시 웃으면서 말했다.

"중년 아저씨들 정말 귀여운 것 같아."

중년의 아저씨가 귀엽다니, 과연 그가 할법한 생각이었다. 나에게는 종종 불편하게 느껴졌던 아저씨들인데 말이다. A는 아저씨들의 구호를 흉내 내려는 듯 나를 향해 손을 내밀더니 조그맣게 말했다.

"우리도! 행복하자!"

'우리는'이 아니라 '우리도' 행복해지자니. 이 짧은 순간에 문장에 밴 작은 배타성 하나까지도 지워내는 사람이라니. 역시 A라는 생각에 나는 덩달아 크게 웃고 말았다.

A는 모든 곳에서 아름다움을 찾아낸다. 뭇사람들에게 쉽게 미움의 대상이 되는 존재도 그에게는 그저 어여쁠 뿐이다. 행인들이 세균 덩어리 취급하며 질색하는 비둘기도 A에게는 도시를 거니는 귀염둥이들이고, 등산길을 점령한 채 왁자지껄 떠드는 등산객들도 그에게는 그저 나들이에 설레하는 사랑스러운 사람들로 여겨진다. 그런 A와 함께 있을 때면 불쾌함이라는 감정은 쉽게 힘을 잃고 자취를 감춘다. A와 함께라면 세상은 기꺼이 사랑할 만한 곳이 된다.

A는 자신의 감정을 잘 운용하는 사람이기도 하다. 그 어떤 나쁜 일도 A의 마음을 쉽게 해치지 못한다. 그는 부정적인 일에 초연할 수 있으며, 위기 속에서도 반드시 멋진 구석 하나쯤을 찾아낼 수 있는 사람이다.

가을비가 내려 쌀쌀했던 어느 오후, 우리는 도심 가까이에 있는 작은 사찰에 방문했다. 사찰에는 낡은 커피 자판기가 있었고, 오랜만에 자판기를 마주한 우리는 가진 동전을 탈탈 털어 율무차와 밀크커피 한 잔씩을 뽑아 마시기로 했다. 동전을 삼킨 자판기가 달칵 컵을 내려놓았다. 잠시 후, 나는 손을 뻗어 컵을 꺼냈다.

"엄마야, 이거 왜 이래?"

컵 안에는 율무차 대신 뿌연 맹물이 담겨있었다. 뒤이어 뽑은 A의 밀크커피도 마찬가지였다. 아마도 이용하는 이가 극소수인 자판기인지라 음료 분말을 충전하지 않은 것 같았다. 내가 헛웃음을 짓자 A가 방실 웃으며 말했다.

"세상에, 보시布施°했네!"

음료를 쏟아버리려고 두리번거리고 있는데, A가 종이 컵을 도로 나에게 쥐여주었다.

○   보시: 보살의 실천 덕목 가운데 제1의 덕목. 베푸는 일을 말하며, 중생의 구제를 목표로 삼는다.

"날이 추우니까 버리지 말고 손에 꼭 쥐고 있자."

과연, 찬 손을 녹이기에는 더할 나위 없이 좋았다. 우리는 종이컵을 손에 쥔 채 손과 볼을 따뜻하게 데우고는 허허 웃으며 언덕길을 돌아 시내로 내려갔다. 그 훈훈하고 재미있던 순간은 A가 나에게 준 선물 같은 기억 중 하나였다.

언젠가 A는 목공을 배우고 싶다고 말했다. 홀로 조용히 앉아 나무를 깎고, 살피고, 뭔가를 만들고 싶다고. 주어진 것에 감사하고, 그것을 오래도록 어여쁘게 바라보며 돌보는 일이 목공예사의 일이라면, A는 그 일을 썩 잘해낼 것 같다. 나는 A와 나무가 좋은 짝이라고 여긴다.

우연일까. 『주역』(유교 경전 중 하나)에는 8괘라는 것이 있다. 그중 바람을 뜻하는 손괘損卦는 동시에 나무를 의미하기도 한다. 바람이 부는 걸 맨눈으로는 알아차릴 수는 없지만, 나무가 흔들리는 것을 보면 바람의 존재를 알아차릴 수 있어서다. 나무는 바람을 드러내 보인다. A가 세상의 아름다움을 드러내 보이듯이.

나는 가끔 나무를 깎는 A의 모습을 상상해 보곤 한다. 그가 내보일 아름다움은 틀림없이 커다랗고 찬란할 것만 같아서.

손편지와 SNS

존 버거 『A가 X에게』

어느 날 카페에 앉아 수다를 떨다 '편지'에 대한 이야기가 나왔다.

"저는 편지 안 써요. 완전 악필이라 글씨 쓰는 거 진짜 싫어하거든요."

지인이 말했다. 나는 책에 줄을 긋던 연필과 테이블 위에 있던 영수증을 함께 내밀며 짓궂게 말했다.

"한번 써봐요."

지인은 어으으 진저리를 치며 한사코 글씨 쓰기를 거부했다.

"나중에 누가 편지 써달라고 어떡할 거예요?"

"그냥 뭐, 문자를 하거나 메일을 보내거나……."

"에이, 낭만 없다. 꼭 물성이 있는 형태로 전달해야 하면?"

"그러면 차라리 워드로 써서 프린트할래요."

여기까지 말한 뒤 우리는 피식 웃었고, 대화는 자연스레 다른 주제로 넘어갔다. 집으로 돌아오는 길에 이상하게도 낮에 나눈 편지 이야기가 자꾸만 떠올랐다. 그러고 보니 마지막으로 손편지를 쓴 게 언제였더라. 요란스럽지 않은 편지지를 골라 한 자 한 자 눌러 쓴 후 우체국에 가서 보내야만 하는 그런 번거롭고 정성스러운 편지 말이다.

편지 쓰기에 수반되는 모든 과정을 사랑한다. 손날 밑

을 스치는 종이의 질감도, 처음 쥐었을 때 서늘했던 펜
이 손안에서 점차 따뜻해지는 느낌도 좋다. 어렵사리 고
른 말이 맘에 들지 않아 빗금을 죽죽 긋는 것도, 새로 꺼
낸 편지지에 조심스레 글씨를 옮겨 적는 정성도 좋다. 다
쓴 편지를 반으로 접어 넣을까, 삼등분으로 접어 넣을까
고민할 때면 시공간마저 홀렁 반으로 접히는 것만 같다.
편지 봉투 끝을 접어 풀칠을 할 때쯤엔 마음이 급해진다.
단숨에 편지의 수신인이 있는 곳으로 가닿고 싶어진다.

날이 밝으면 편지는 기어이 부쳐진다. 손을 떠난 편지
는 대개 고치거나 다시 볼 수 없으므로 나는 한 시절을,
한때의 마음을 박제하듯 쓰고 부친다. 편지를 보내고 우
체국을 돌아 나올 때면 무언가를 내놓고 돌아올 때의 설
렘과 홀가분함이 느껴지곤 했다.

지금은 우리 동네에 우체국이 어디 있는지조차 잘 모
른다. 편지를 쓰지 않게 된 것은 메일이나 문자가 더 간
편해서일까, 아니면 팍팍해진 일상 때문일까? 아마도 예
전보다 더 많이 망설이는 사람이 되었기 때문일 것이다.
요즘엔 편지지를 꺼내기도 전에 고민이 앞선다. 이 편지
를 써도 될까? 당사자가 당혹스러워하지는 않을까? 불현
듯 수신자가 된 상대가 원하지 않게 회신의 의무를 짊어
지게 되지는 않을까? 유효 기간이 지난 등본이나 계약서
처럼 가지기도, 버리기도 부담스러운 내밀한 이야기를

쥐여주게 되는 것은 아닐까? 걱정과 의심이 끝도 없이 밀려온다. 하지만 그 와중에도 토해내고 싶은 마음들은 쌓이기 마련이고, 쌓인 마음은 반드시 넘치게 되어 있다.

가끔은 전송보다 전시가 쉽다.
마음을 털어놓을 대나무밭을 찾아 헤매던 나는 결국 머금었던 모든 말들을 싸 짊어지고 SNS로 달아났다. 격자무늬로 구획된 나의 SNS 공간에는 짧은 문장들과 사진들만 수북이 쌓여있다. 나는 부담 없이 게시물을 올린다. 수정 가능, 삭제 가능, 불특정 다수를 향한 말로 위장 및 회피 가능, 수신자에게 회신의 의무 없음. 그곳에 내가 짊어질 부담은 없다. 나는 홀가분한 마음으로 사진과 메시지를 남발하곤 한다. 누군가를 향한 마음을 여기저기에 흘끗 보여주고는 짐짓 모른 체하며 거두어 들인다. 다른 사람들은 물론이고 당사자조차 게시물의 수신자가 본인임을 알 수 없을 테고, 나는 그런 몰이해가 홀가분하게 느껴진다. 특정 게시물이 닿는 곳엔 그 사람이 있으며 동시에 없기도 하며, 그 알 수 없음이 좋다.

하지만 아주 가끔은 그 누구도 아닌 그에게, 정확히 그에게로만 향하는 편지를 쓰고 싶어진다. 하루가 지나면 스르륵 사라질 사진들, 빗속에 널어둔 빨래처럼 황급히 걷어지는 글들 대신 물러서지 않고 그에게로 가닿고 싶다고 나는 생각한다.

용기를 내어 편지지를 꺼내며 나는 속으로 말을 고른다. 이런 점이 좋다고 말해줘야지. 흔들림 없는 단정한 눈빛과 단단한 손, 땀이 식고 난 서늘한 목덜미와 한아한 말투 같은 것들. 나는 쏟아지는 마음들을 얼른 받아쓴다. 쓰고 쓰면서, 이 마음이 정말임을 몇 번이고 알아차린다.

하지만 편지는 끝끝내 부쳐지지 않고, 나는 다시 한번 SNS로 달아난다. 말할 수 없지만 말하고 싶은 것들 사이. 남기고 싶지만 지워야 하는 것들 사이. 두 마음의 온도가 달라 가끔은 결로가 맺힌다.

SNS에 사진 한 장을 올리고 산책을 나섰다. 여름밤 산책길에는 우는 것들이 왜 이리 많은지. 나는 알싸해지는 마음을 쓰다듬으며 구절 하나를 떠올린다.

"그러니 지금은 당신도 모르는 당신의 시간."°

°   유희경. 『반짝이는 밤의 낱말들』 아침달, 2020, p.302.

다신 예찬(多神禮讚)

"대형 교회 중에는 현금 수송차로 헌금을 옮기는 데도 있다더라."

불볕더위가 기승을 부리던 날, 친구가 찌를 듯이 높이 솟은 교회의 십자가를 올려다보며 말했다. 손차양을 하고도 눈이 부신지 미간을 잔뜩 찌푸린 채였다. 나는 친구의 말에 감탄하며 교회를 쳐다보았다. 너무나도 거대해서 마치 대형 도서관이나 시청 청사처럼 보이는 그 교회에는 평일 정오인데도 불구하고 적지 않은 사람들이 왕래하고 있었다. 헌금 이야기를 듣자 떠오른 광경이 있어 나도 말을 보탰다.

"그러고 보니 얼마 전에 절에 다녀왔는데 사찰 안에 ATM도 있더라."

늦은 저녁 서울 시내에 있는 큰 절에 들렀을 때였다. 어둡고 고요한 사찰 한가운데서 현금자동인출기만이 눈부시게 빛나고 있었다. 그때 느낀 이질감을 전달하는 나의 말에 친구도 감탄사를 내뱉었다.

"요즘 그런 데 많더라고."

십자가를 올려다보던 시선을 거두고 돌아서며, 나는 한낮의 교회가 어쩐지 조금 표독스러워 보인다고 생각했다. 그것은 우리의 대화가 남긴 이미지 때문이기도 했고, 내가 가지고 있는 종교에 대한 거부감 때문이기도 했다.

나에게는 20년 지기 단짝 친구들이 있다. 우리 네 사람은 초등학생 때부터 알고 지냈지만, 사이가 각별해진 것은 함께 교회를 다니면서부터였다. 그곳은 신도가 그리 많지 않은 작은 교회로, 일손이 부족했던 탓인지 네 명의 꼬맹이를 교회 살림에 적극적으로 활용했다. 앞장서서 전도를 시키기도 하고, 부활절이나 크리스마스 같은 행사가 생기면 예배당의 환경 미화를 맡기기도 하는 식이었다. 멋모르고 업무에 동원된 우리는 그 안에서 지지고 볶으며 우정을 쌓았지만, 한편으로는 마음의 상처도 많이 입었다. 교회 어른들이 예배에 불참한 친구를 험담하며 우리 사이를 이간질할 때, 당연하다는 듯 대가 없는 과업을 요구하고는 제멋대로 실망한 기색을 보일 때마다 우리는 한 발짝씩 교회에서 멀어졌다. 단물이 쪽 빨린 느낌으로 끝끝내 교회로부터 빠져나왔을 때, 우리가 교회에 반감을 품게 된 건 어찌 보면 당연했다.

이후로도 친구들 손에 이끌려 두어 번쯤 더 교회에 나갔지만, 번번이 실망할 뿐이다. 믿음, 소망, 사랑. 그중에 제일은 분명 사랑이라고 배웠는데, 이상하게도 나에게 교회는 사랑이 아니라 폭력이었다. 게다가 그 폭력은 매우 은밀하기까지 했다. 신도들의 소식을 공유하고 친목을 다진다는 명분으로, 온갖 뜬소문과 험담이 나돌았다. 교회 내 아이들 사이에는 따돌림과 괴롭힘이 빈번했다. 각자의 이해관계로 바쁜 어른들은 누구 하나 아이들을 돌보아 주거나 중재할 여력이 없어 보였으므로 폭력은 질기고 잔인하게 이어졌다. 신이 아니라 목사와 예배당을 믿는 듯한 모습에도 신물이 났다. 내가 속한 단체에 회의감이 들기 시작했지만, 이러한 고민은 '사탄의 장난질'로만 여겨질 뿐이었다. 배타적이고 편협한 분위기에 마음이 지쳐갈 무렵, 나의 종교 인생을 결단낼 순간이 찾아오고야 말았다.

"하나님을 믿지 않는 자들에게, 주님이 심판을 내리신 것입니다!"

대규모 지진으로 남아시아의 피해가 극심했을 무렵, 설교하던 담임 목사가 이렇게 울부짖었다. 그의 말에 몇몇 신도가 소리 높여 "아멘"을 덧붙였다. 그들의 간절한 표정, 힘주어 모은 두 손을 보며 나는 교회에 영영 등을 돌리기로 마음먹었다. 설마, 아무리 그래도 그런 말을 하는 사람이 현실에 있겠냐고? 정말 존재한다. 세상의 모든 어려움과 비극들을 '신의 심판' 혹은 '신의 시험'으로 축소해 버리는 사람들이(자매품으로는 '사탄의 유혹'이 있다).

유난히 기독교와의 연이 질겨 (가깝다는 이유 하나로 진학한 중·고등학교가 모두 미션스쿨이었다) 교회에 대한 안 좋은 인상을 많이 가지고 있지만, 다른 종교라 해도 사정은 마찬가지였다. 여성의 머리칼이 육욕을 불러일으킨다며 베

일을 쓰도록 하는 것도, 남성만이 신부가 될 수 있다고 말하는 것도, 빈번하게 발생하는 고집스러운 종교 갈등도 모두 눈살이 찌푸려지긴 마찬가지였다.

그리하여 공식적으로 나는 무교가 되었다.

"종교가 있나요?"

종종 받는 질문에 대한 나의 답은 당연히 '아니오'였다. 이 대답이 한 치의 망설임 없이 개운했다면 구태여 글로 쓰지 않아도 되었을 텐데, 문제는 '아니오'라는 말을 내뱉을 때마다 마음이 좀 묘해지곤 했다는 데에 있다. 단호한 대답과는 상반되게 자꾸만 어떤 장면들이 나의 마음을 건드렸다. 108배를 올리는 어른들의 굽은 등과 가느다란 다리, 꺼질 듯 나부끼는 초를 간신히 밝히고 마리아상 앞에서 기도를 올리는 사람들, 늦은 밤 침대맡에서 두 손을 모아 기도하는 사람들을 보면 나도 덩달아 그 절실함에 눈물이 났다. 어째서 사람들에게는 이렇게 간절히 기도할 일이 생기는 걸까. 절대 선絶對善과 전지전능함을 내세우는 종교가 세상천지에 이렇게나 많은데도 왜 간절함의 총량은 줄지 않는 걸까.

온 세상에 기도가 차고 넘치는데 거기에 응답하는 존재는 한없이 부족하다는 생각이 들었다. 우리는 각자의 기도에 응답받기 위해 자꾸만 뾰족해지는 게 아닐까. 마치 찰리의 초콜릿 공장에 들어가려는 사람들처럼 말이다. 다섯 장이 전부인 골든 티켓을 얻기 위해 피 튀기는 경쟁을 마다하지 않고 비열한 꼼수까지 부려가며, 서로가 서로의 경쟁자가 되고, 타인의 실패로 기회를 엿보며 살고 있는 건 아닐까.

종교에 대해 생각할 때면 소매를 걷어 오른팔 안쪽을 들여다보곤 한다. 팔 안쪽에는 이런 타투가 새겨져 있다. 'If there's any kind of god, it wouldn't be in any of us, not you or me. But just little space in between' (p. 50 참고).

기도를 들어주는 신이 부족하다면 서로가 서로에게 신이 되어줄 순 없을까? 마음이 고꾸라질 때, 기대거나 붙잡을 곳 없을 때 서로를 당겨주고 밀어주는 손들을, 나는 신이라고 믿는다. 그 신은 전지전능하지 않아서 가끔 실수를 하고 힘이 모자라기도 하겠지만, 그 불충분함 위에도 또 다른 손이 보태진다면 미흡함도 희미해지지 않을까. 나는 세상에 신이 많았으면 좋겠다. 모두가 저마다의 신을 가지고 있으면서도, 그 신들이 서로를 밀어내거나 지워내지 않을 수 있으면 더더욱 좋겠다.

늦은 밤, 친구와 헤어져 집으로 돌아가는 길. 버스가 높은 언덕길로 접어들자 시내가 훤히 내려다보였다. 도시는 온통 밝게 빛나고 있었다. 그 불빛들 속에는 성당과 교회의 십자가도, 절의 등불도 있었을 테다. 저마다의 공간에서 빛나는 별들, 각기 다른 색으로 빛나며 서로의 존재를 알리는 불빛들. 그날의 야경은 너무나 종교적이어서 어쩐지 눈시울이 붉어지고 말았다.

열등감 사용법

2019년 봄, 열흘간 전북의 한 명상센터에 머문 적 있다. 그곳은 인도에서 가장 오래된 명상법 중 하나인 위빠사나Vipassanā° 명상을 수련할 수 있는 곳으로, 코스에 참가하는 수련생은 반드시 그곳의 규율을 따라야 했다. 핸드폰과 노트북을 비롯한 모든 전자기기를 반납했고, 독서나 일기 쓰기, 운동 등 명상을 제외한 다른 활동은 일절 할 수 없었다. 남녀가 철저히 분리된 공간 안에 머물며, 새벽 4시부터 밤 9시까지 오로지 명상 수행에만 집중하는 강행군이 이어졌다.

그곳의 규율 중 가장 독특한 점은 침묵이었다. '거룩한 침묵'이라고도 불리는 이 규율은 매우 엄격하게 지켜졌는데, 심지어 같은 방을 쓰는 사람과도 대화를 나눌 수 없었다. 눈인사나 필담, 손짓도 금지되기 때문에 2인실 방에 배정된 나는 수련 동기와 인사도 나누지 못한 채 침묵의 공동생활을 하느라 한동안 진땀을 뺐다. 다행히도 시간이 약인지라 사나흘이 지나자 밤낮으로 이어지는 명상 수행에도, 고요한 공동생활에도 점차 익숙해질 수 있

○　위빠사나(Vipassanā) 또는 관(觀): 불교의 명상법. 진실한 모습을 본다는 뜻으로, 편견을 개입하지 않고 있는 그대로의 현상을 본다는 의미를 가지고 있다.

었다. 차차 마음이 차분해지고 태도가 유순해짐을 느꼈다. 고요 속에서는 심장 소리가 크게 들렸다. 온몸으로 나의 심장이 뛰고 있음을 느낄 수 있었다. 명상을 통해 얻은 전래 없는 고요함과 그 덕분에 들을 수 있었던 소리들이 신기하지 않을 수 없었다. 세상과 완벽하게 고립된 채 명상에 집중하는 사이, 나는 명상의 힘을 조금이나마 실감할 수 있었다.

'거룩한 침묵'은 수행이 종료되는 마지막 날 오후에 해제되었다. 사람들과 그간 못 나눈 인사를 하고 명상 뒤로 밀어둔 수많은 감정을 터트리느라, 절간처럼 고요했던 센터가 삽시간에 소란스러워졌다. 수련생들은 연신 수다를 떨었고, 이야기의 주제는 자연스레 명상에 관한 내용으로 이어졌다. 그간 어떤 명상을 얼마나 해왔는지, 이곳에는 어떻게 오게 되었는지, 이번 명상에서 어떤 어려움을 겪었고 어떤 경험을 했는지 같은 것들. 누군가는 나처럼 감각이 예민해져 잠을 설칠 지경이었다고 했고, 누군가는 서너 시간의 명상이 단 1분처럼 느껴진 순간도 있었다고 했다. 누군가는 극도로 몰입된 순간에 밝은 빛을 보거나 몸이 가벼워지는 느낌을 받았다고도 했다.

그날 밤 수련원에서의 마지막 잠자리에 들며 나는 마음이 어수선해졌음을 깨달았다.

'이 무겁고 찝찝하며 익숙하고 울적한 기분은 뭐지?'

그 감정의 이름은 바로 열등감이었다. 다른 수련생들의 명상 경험담을 듣게 되자 못난 마음이 삐죽삐죽 솟아올랐던 것이었다. 그것도 아주 매서운 기세로.

'4시간의 명상이 찰나처럼 느껴졌다고? 나는 마지막 날까지도 좀이 쑤셔 미칠 것 같고 잠이 쏟아져서 고생했는데. 빛을 보았다고? 그건 궁극의 경지 아닌가? 나는 그런 경험까진 못했는데.'

갑자기 지난 열흘간의 수행이 불만족스럽게 느껴졌다. 분명 전날까지만 해도 나는 명상을 통해 가치를 엿보았고, 충분한 만족감을 느꼈다. 그런데 손쉽게 그 감상들이 저물고, 나의 경험이 초라해지는 기분이 들었다. 서로의 생각을 나누는 어떤 대화도 금지하고, 침묵하게 하는 이유가 바로 이것이었다. 대화는 너무 많은 타인이 나의 삶에 끼어들게 했다. 나 자신과 나의 명상에 집중하지 못하게 만들어 비교하게 했다. 9일 동안 침묵하게 한 것은 현명한 규율이었다. 잠깐의 대화만으로도 열등감을 느끼고 마는 인간의 나약함을 명상 스승들은 이미 잘 알고 있었던 모양이다.

잔뜩 구겨진 마음으로 잠이 든 그 날은 긴긴 악몽을 꾸었다. 꿈 속을 오래 헤맸다.

집으로 돌아와 밀린 업무를 처리하며 분주히 움직이는

사이, 명상의 감각은 서서히 흐려졌다. 일찍 자고 일어나던 생활 패턴도 다시 흐트러졌고, 자극 없는 음식을 먹으며 순해진 입맛도 원상 복귀되었다. 다만, 고약하게도 열등감과 시기 질투의 기억만은 깊게 각인되었다. 그로부터 3년이라는 시간이 흘렀지만 나는 여전히 열등감에 자주 사로잡혔다. 열등감 때문에 울기도 하고, 시기와 질투로 엄한 사람을 미워하기도 했다. 세상에는 못난 마음에 기름을 붓고 불을 붙이는 존재들이 많았다.

조금 전까지도 인스타그램을 들여다보며 이런 생각을 했다. '저 사람은 나보다 유튜브 구독자도 많고, 인스타그램 팔로워도 많아. 책도 여러 권 냈는데 심지어 그 책들이 잘나가네? 집도 부유해 보이고, 온갖 멋진 취미를 즐기면서 사는 것 같은데 실력 또한 수준급이고. 똑똑하고, 학벌 좋고. 이렇게 세상이 불공평해도 되나?'.

이미 타오를 대로 타오른 열등감에 부채질이라도 하듯, 출판계의 수많은 유명 인사들이 그의 게시물에 댓글을 달고 있었다. 그중에는 내가 마음 깊이 존경하고 아껴왔던 사람들의 이름도 더러 있었기에 나의 마음은 한껏 더 어두워졌다. 역시 끼리끼리 왕래하는구나 싶어 소외감마저 느껴질 지경이었다. 세상에는 열등감을 연료 삼아 성장하는 사람도 있다던데, 내가 그런 사람이 아니라는 것조차 분했다.

무의미하게 시간을 흘려보낸 과거의 나도, 혼자 분을 삭이고 있는 현재의 나도, 불확실한 미래의 나까지도 전부 미웠다.

사람은 저마다 축적된 시간이 다르며, 인간이 백 명이라면 백 가지의 삶의 방식이 있고, 그렇기에 성공은 크기보다 종류라는 그 당연한 명제를 자꾸 배반하려 했다.

명상센터에서처럼 입을 꾹 닫고 틀어박힐 수도 없는 노릇이고, 타인에게 그렇게 해달라고 부탁할 수도 없는데. 온갖 멋진 사람들과 휘황찬란한 이미지가 범람하는 세계에서 나는 어떻게 나를 다스려야 하는 걸까? 열등감과 자기혐오로 마음이 경직될 때면 나는 명상센터에서 퇴소하던 날 마주친 풍경을 떠올린다.

뾰족한 기분으로 잠들었던 다음 날, 수련생들 모두 아침 일찍 일어나 밥을 먹고 집으로 돌아갈 채비를 했다. 사용했던 명상 방석과 이불을 깨끗이 빨래하고, 각자 챙겨왔던 두루마리 휴지와 알람시계, 샴푸와 비누 같은 것들을 다음 수련생들이 사용할 수 있도록 모두 내놓았다. 별도의 수련 비용을 받지 않는 곳이기에 자신의 여건에 맞게 기부금을 내는 것으로 수련 비용을 대신했다. 내가 누린 것은 모두 이곳을 거쳐 간 사람들의 손을 빌려 마련된 것들이었다. 걷기 좋게 다져진 길, 철 따라 자라난 꽃들, 온수가 나오는 샤워실과 내가 먹은 모든 끼니까지 모두다.

열흘 만에 열린 대문 앞에서 우리는 따듯한 눈빛과 손길로 작별 인사를 주고받았다. 그 온기에 전날의 뾰족한 마음이 둥글고 순해지는 기분이 들었다. 열흘을 함께 보냈다는 사실이 감격스러웠다. 이곳을 거쳐 간 사람들의 말간 얼굴을 기억할 수 있다면 나의 평온함도 오래 지속되리라는 확신이 들었다.

작가 김민철은 『내 일로 건너가는 법』에서 말한다.
"시선을 바로 옆으로 돌리면, 바로 뒤로 돌리면 함께 가고 있는 우리가 있었다. 바로 옆에, 뒤에, 파도가 넘실거리고 있었다. 이토록 많다면 우리가 서로의 파도가 될 것이다. 그 파도를 타고 더 많은 여자들이 더 넓은 곳으로 신나게 달려갈 것이다."°

문득 열등감이 생길 때, 상대 역시도 나와 동시대를 살아내고 있는 사람임을 잊지 않으려 한다. 그 사람이 늘 나보다 잘나가고, 그 사람의 성공이 늘 나보다 커서 나에게 그늘을 드리우는 것 같을 때면 떠올릴 사실이 있다.

°   김민철, 『내 일로 건너가는 법』 위즈덤하우스, 2022, p.64.

그 역시 누군가가 터준 길을 따라 밟는 이이며, 동시에 새로운 길을 다지고 있는 사람이라는 사실을 말이다. 각자가 다른 모양으로 발자국을 보태다 보면 열등감은 사그라들고 어느덧 동지애 비슷한 든든함이 몰려온다. 우리는 서로에게 시혜자이자 수혜자가 될 수 있다.

나처럼 열등감에 괴로워하는 사람이 있다면 동료를 맞이하는 기분으로 그들의 멋진 모습을 한가득 눈에 담아보면 어떨까. 바다가 출렁일 때 앞선 파도와 뒷선 파도를 구분하는 게 무의미하듯, 어떤 파도가 얼만큼 먼저 해변에 도달했는지 겨루려 하지 않고 다만 이 모든 흐름을 보려고 노력한다면 좋겠다. 그 흐름에 보태진 나의 손과 그들의 손을 알아볼 수 있다면 우리의 마음은 조금 더 넉넉해질 것이다.

얼마나 다행인가. 홀로 요동치고 있지 않아서.

환대가 있는 곳으로

바다출판사 편집부 『뉴필로소피: Vol.9』

"〈코코〉를 또 봐?"

L이 내 옆에 앉으며 말했다. L의 말대로 나는 픽사의 애니메이션 영화 〈코코〉를 벌써 여러 번째 다시 보는 중이었다. 〈코코〉는 멕시코의 '망자의 날'을 배경으로 하여 만들어진 영화로, 꼬마 주인공 미구엘이 우연히 죽은 자들의 세상에 들어가 겪게 되는 사건들을 다루는 이야기다.

스마트폰을 만지며 건성건성 티브이를 보던 L의 시선도 어느덧 영화에 고정되었다. 우리는 N차 관람이라는 사실이 무색할 정도로 영화에 푹 빠져들었다. 〈코코〉에는 남녀노소를 가리지 않고 눈시울을 붉히게 하는 장면이 많았다. 대부분이 'REMEMBER ME(기억해 줘)'라는 곡이 나오는 엔딩 장면에서 참았던 울음을 터뜨리고 만다. 그런데 나에게는 눈물을 쏟게 되는 또 다른 장면이 존재한다. 바로 치차론이 소멸하는 순간이다.

여기서 잠깐. 여러분은 '음? 치차론이 누구지?'라고 생각했을지도 모른다. 치차론은 헥토르의 저승 친구로, 자신의 기타를 미구엘과 헥토르에게 넘겨준 후 영원히 사라지고 마는 인물이다. 멕시코인들은 산 사람들이 죽은 사람의 존재를 망각했을 때 망자에게 또 한 번의 죽음이 찾아온다고 믿는다. 자신을 기억해 주는 이가 이승에 아무도 없게 된 치차론의 몸은 흩날리는 먼지가 되어 영원히 소멸하고, 헥토르는 치차론이 못다 마신 술잔을 들어 허공에 쓸쓸히 건배한다. 헥토르 역시 잊히지 않기 위해 몸부림치고 있는 처지니 동병상련의 서글픔은 배가된다.

야박하지 않은가. 죽음 뒤에 소멸이 존재한다는 사실이. 전 세계인의 마음에 온기를 불어넣는 디즈니 픽사가 '잊힌 이'에게만큼은 가차 없이 구는 것 같아 나는 조금 속상해졌다.° 그리고 문득 두려워졌다. 치차론의 (무)존재는 내 안에서 묘한 기시감을 일으켰는데, 그 원인이 내가 반복해서 꾸는 꿈과 이어지고 있었기 때문이다.

벌써 몇 번째, 나는 같은 내용의 꿈을 꾸고 있다. 꿈속에서 나는 일행들과 함께 바다에서 휴가를 즐기고 있다. 누군가는 해변에서 살을 태우고, 누군가는 맥주를 마시고, 누군가는 수영한다. 나는 커다란 캠핑용 의자를 해변에 두고 그 위에 앉아 바다의 흥취를 만끽한다. 파도가 발끝에 닿을 듯 말 듯 밀려들고 나가기를 반복한다. 나

○   '잊힘'은 <토이 스토리> 시리즈와 <인사이드 아웃>에서도 찾아
    볼 수 있는 주제다. 다만 두 영화에서는 우디와 빙봉을 비롯한 장
    난감들이 주인공의 유년 시절을 함께하는 비인간 친구로서 의미
    있게 기능한다. 한편, 치차론의 죽음은 조금 더 비극적인 측면이
    있다. 무의 상태, 소멸로 나아가기 때문이다.

는 거의 눕듯이 의자에 기대 있다가 깜빡 잠이 든다. 얼마나 시간이 지났을까. 다시 눈을 떴을 땐 주위에 아무도 없다. 치고 들어온 밀물이 허리까지 차 있고, 눈에 보이는 것은 온통 바다뿐이다. 들고 있던 책도, 발치에 놓아두었던 맥주병도 어디론가 사라진 지 오래다. 나는 황급히 몸을 돌려 무작정 뭍으로 나가보려 하지만 어느 방향으로 나아가야 하는지조차 알 수 없다. 친구들을 찾아보려 해도 아무도 보이지 않고, 그 어떤 소리도 들려오지 않는다. 그 누구도 나를 찾지 않고, 아무도 내 이름을 부르지 않는다. 물에 빠져 죽을 것 같다는 공포보다 아무도 나를 깨우지 않았다는 배신감이, 모두가 내 존재를 잊었다는 절망감이 더 크다. 서둘러 발을 굴러보지만 물인지 모래인지 모를 바닥으로 발이 자꾸만 꺼진다. 계속해서 버둥거려도 온몸의 움직임이 무겁고 둔하다. '아, 꼭 꿈같아'라고 생각하는 순간 꿈에서 깨어난다.

꿈을 꾸고 나면 서글픔이 몰려와 오래도록 울었다. 끝도 없이 펼쳐진 망망대해에서 완벽히 혼자가 된 절망감이 생생하게 남아있어서였다. 그 누구도 나의 안위를 신경 쓰지 않고, 아무도 나의 존재를 기억하지 못하는 꿈속의 세상은 너무도 끔찍했기에 나는 고개를 흔들어 서둘러 꿈을 떨쳐냈다. 이윽고 정신을 차리고 나면 안도감이 몰려왔다. 현실 세계에는 나를 반겨주는 누군가가, 나의 존재를 알아주고 기억해 주는 사람들이 있었으니까. 그 얼굴들을 하나하나 떠올리며, 나는 다시금 편안한 잠에 빠질 수 있었다.

그래. 우리 인간에게는 응당 이런 감각이 필요하다. 혼자가 아니라는 감각, 나라는 인간이 타인으로부터 환대받고 있으며, 서로가 서로에게 유효한 인연이라는 감각 말이다. 이 경험이 너무나 소중하기에 사람들은 망자가 되어서도 서로에 대한 기억을 포기하지 못하는 것 아닐까. 잠시 꿈의 기억을 헤집다 영화로 눈을 돌리니 헥토르는 여전히 잊히지 않기 위해 고군분투하는 중이다. 사실 헥토르의 이런 노력에는 얄궂은 면이 있다. 사람은 필연적으로 잊혀지니 말이다. 허나 끝끝내 잊히고 말 존재라고 해도 우리는 서로에게 유의미한 존재가 되길 결코 포기할 수 없을 것이다.

그러니 아직 생의 영역에 머무는 우리는 약간의 노력을 해볼 수 있을 것이다. 당신 혹은 내가 죽을 줄 알면서도 사랑하기. 지금 이곳에서 서로의 존재를 환대하기. 그것이 우리가 할 수 있는 최선이라면, 나는 온 힘을 다해 타인을 끌어안으며 남은 생을 살고 싶다.

진짬이 즘풀띨 수 있다면

이렇다 할 잔병치레 없이 제법 건강하게 살아왔다. 어린 시절 두어 번 정도 길게 병원 신세를 지긴 했지만, 불운한 사고의 결과일 뿐 몸이 허약해서는 아니었다. 말하자면 하드웨어적인 충격이 있었지만, 소프트웨어는 변함없이 튼튼했달까. 면역력도 나름 좋은 편이라 웬만해선 감기에 걸리는 법도 없었고, 흔히 현대인들의 질병이라 불리는 당뇨나 혈압 같은 문제도 겪어본 적이 없다. 워낙 집순이인데다 몸을 쓰는 데에는 흥미가 전혀 없었기에 제대로 된 운동 한번 해본 적이 없지만, 딱히 몸이 아픈 것도 아니었으므로, 나는 20대 내내 마음 편히 와식 생활을 즐겼다. 이 정도면 썩 괜찮은 몸이라고 자화자찬하며 30대 중반이 되었을 때, 그간의 업보가 부메랑이 되어 한꺼번에 나를 덮쳤다.

최근에는 정말이지 지겹게 앓았다. 안 아픈 곳을 찾기가 힘들 정도로. 거북목 디스크로 하늘 한번 제대로 올려다보기 힘들었고, 허리는 시렸으며, 다리는 날마다 퉁퉁 붓곤 했다. 틈만 나면 배탈이 났고, 스트레스가 누적될 때면 위경련이 찾아왔다. 이관개방증이 심해져 소리가 웅웅 울려대는 통에 큰 불편을 겪기도 했다. 몸이 허약해져서일까, 예전 같았으면 콧물 한번 쓱 닦고 가볍게 넘길 감기도 이제는 쉽게 떨어지지 않았다. 기침이 멎지 않아 폐가 아플 정도였고, 몸을 가눌 수가 없을 정도로 열이 끓기 일쑤였다. 아, 뼈 마디마디가 다 쑤신다는 말은 이럴 때 쓰는 거구나! 온몸으로 그 말을 체감하고야 말았다.

여러 가지 일들로 한창 바쁜 와중에 심한 몸살에 걸린 날이었다. 혼자 침대에 누워 앓는데, 자꾸만 눈물이 나고 사람 손길이 그리워졌다. 누군가를 붙잡고 한껏 어리광부리고 싶었지만, 당장 곁에 아무도 없다는 사실이 괴롭고 외로웠다. 아프면 온갖 것들이 서럽다더니. 나이 든 사람들의 입버릇 같은 말이라고만 생각했건만, 이제는 그 말을 절절히 이해할 수 있었다. 몸이 고되고 불편하니 마음이 쉽게 물러지는 모양이었다. 문득 김금희 작가의 말이 생각났다. 산다는 건 서로가 서로의 옆에서 각자의 그네를 밀어내는 일이라고 했던가. 인간은 어쩔 수 없이 오롯이 혼자일 수밖에 없음을 이해했지만, 누구와도 나눌 수 없는 통증은 고통스럽기만 했다.

질병과 통증 속에 있을 때면 누구나 완벽히 혼자가 된다. 비록 내가 앓고 있는 통증은 세상에 존재하는 수많은 고통과 비교하자면 민망할 정도로 사소한 것들이었다. 예를 들면 노로바이러스나 사랑니 발치통 같은 것이긴 했지만 나의 통증에는 염치도, 체면도 없었다.

아프든 말든, 외롭든 외롭지 않든, 시간은 무심하게 흘러갔고 나에게는 소화해야 할 삶이 있었다. 아픈 몸을 추스를 겨를도 없이 놓고 있던 일손을 붙잡았다. 가장 급하게 마무리할 일은 며칠 뒤 있을 북토크 준비였다. 내가 만나게 될 사람은 응급의학과 전문의로 일하며 글을 쓰는 남궁인 작가였고, 나는 쿨시트를 이마에 떡 붙여놓고는 그의 책을 읽으며 행사를 준비했다.

하필 아플 때 『제법 안온한 날들』을 읽어서일까. 의사 남궁인이 환자와 세상을 대하는 태도가 인상적이었다. 환자가 놀랄까 봐, 청진기에 입김을 불어 넣고 손으로 비벼 온도를 올려주는 배려 같은 것들. 청진기의 온도를 올리는 정성만으로도 환자들의 두려움이 덜어질 수 있다면, 그는 기꺼이 그렇게 했다.

북토크 당일, 나는 위 에피소드를 읽고 받은 감동을 남궁인 작가에게 털어놓았다. 저 글을 읽고 선생님께 반해버렸다고 고백하자, 그는 "그것이 내가 할 수 있는 가장 쉬운 친절"이라고 말하며 미소 지었다. 온기를 전달하기 위해 지금도 환자의 상처를 조심스러운 손길로 쓰다듬으며 안부를 묻는다는 그의 말에 나는 거듭 감동을 받고 말았다.

이후로도 나는 종종 아팠지만, 그때마다 나에게 친절

을 베푼 사람들의 얼굴을 떠올리며 힘을 내었다. 입김으로 데운 따스한 청진기 같은 친절함의 기억을 나는 많이 가지고 있었다. 체해서 배앓이를 할 때면 엄마는 부드러운 손으로 밤새 나의 배를 문질렀다. 여행지에서 술병에, 디스크에 갖가지 고통으로 신음하던 나를 위해 친구들은 얼른 상비해 둔 진통제를 꺼냈고, 여행 동선을 바꿔가면서 나를 데리고 병원으로 향했다.

그들의 친절 속에서 나는 고통을 덜어냈고 외로움을 몰아냈다. 또, 그 돌봄의 기억을 되짚어 나 역시 타인을 돌보는 법을 조금씩 익혀갔다. 숙취에는 꿀물을, 위통에는 미음을, 장염에는 매실차를 내어주는 법을 알게 되었고, 미열로 벌겋게 달아오른 친구의 이마를 걱정 어린 표정으로 짚어줄 수 있게 되었다. 아픈 게 벼슬이냐는 얄미운 핀잔 대신, 더 도와줄 게 없겠냐고 물을 수 있게 되었다.

세상을 살며, 우리는 몸과 마음의 질병과 쇠약을 피할 수 없을 것이다. 그 속에서 돌봄을 받거나 주는 사람이 된다. 돌봄이 돌봄을 낳을 수 있다면, 친절이 증폭될 수 있다면 우리의 고통은 견딜만한 것이 될지도 모른다. 하늘 높이 날아오르기 위해 힘차게 발을 굴러야 하는 것은 자기 자신이지만, 가끔 그 발이 아프고 저릴 때 밀어주는 손들도 있다는 사실을 그들을 통해 배우고 있다. 그들의 돌봄에 감사하며, 가끔 발구르기를 멈추고 타인의 등을 밀어주는 것으로 삶의 가치를 찾아가기로 결심한다. 친절이 증폭될 수 있다면, 그로 인해 타인의 아픔이 덜어질 수 있다면 기꺼이 나는 친절할 것이다.

돈 버는 사람들

희정 『노동자 쓰러지다』

"벌써 올해가 다 갔네."

아침저녁으로 부쩍 차가워진 공기에 놀라는 사이, 어느덧 연말이 되었다. 광화문 교보문고에 들어선 나는 잔뜩 진열된 연하장과 다이어리를 보며, 종종 들려오는 크리스마스 캐럴을 들으며 연말 분위기를 체감했다. 평소 같았으면 소설과 인문 코너를 서성였을 테지만 오늘은 드물게 경제·경영 코너로 직행했다. 각종 경제 예측, 트렌드 도서들이 쏟아져 나오기 시작한 참이었다. 나는 그중 두 권을 골라 구매한 후 집으로 돌아왔다.

한 해가 마무리되는 시기에는 경제·경영 도서를 읽는다. 경제 관념이 희박하고 세상 돌아가는 데 무지한 내가 기울이는 작은 노력이다. 내년엔 올해보다 조금 더 주머니가 든든하기를, 집안 살림이 윤택하기를 바라는 마음으로 책을 펼쳐보니 올해 각광 받았던 상품과 서비스들이 한눈에 파악되었다. 2022년은 유난히 키덜트족의 마음을 사로잡으려는 시도가 많았다고 책은 말하고 있었다. 그래, 그러고 보니 그런 게 유행했지. 포켓몬스터 띠부띠부씰(SPC 캐릭터 빵에 포장된 캐릭터 스티커)이 들어간 빵이나 아이스크림 같은 것들 말이다. 가게에 진열되기 무섭게 품절되는 것도 모자라 중고마켓에서 프리미엄까지 붙어서 거래되었던 일련의 상품들은 수집욕과 구매력의 상징으로 자리매김하며 한바탕 대란을 일으켰다.

책을 통해 그 열풍을 상기해 보며 나는 약간 감탄했던 것 같다. '소비자를 이렇게나 열광하게 만들다니, 이런 게 바로 대기업의 마케팅인가? 돈은 이런 사람들이 버는 거구나'.

내가 경제·경영서의 책장을 넘기고 있던 바로 그때, 그일이 일어났다. 2022년 10월 15일, 경기도 평택시에 있는 SPC 제빵공장에서 한 20대 노동자가 기계에 끼어 사망하는 사고가 발생했다. 사고 자체만으로도 큰 비극이었지만 해당 기업의 후속 대처는 더 심각했다. SPC는 사고 당일 만들어진 샌드위치 4만 개를 전량 시중에 유통했으며, 사고 다음 날에도 변함없이 생산 공정을 가동했다. 사고가 있었던 기계는 흰 가림막으로 가려둔 채였다. 고인의 시신 수습을 도왔던 동료 작업자들은 사고 트라우마에 대한 그 어떤 조치도 없는 상태로 출근을 종용당했다. 기막힌 일은 이후로도 계속되었다. SPC 측에서 사고 사망자의 장례식장에 자사의 땅콩 크림빵 두 박스를 보낸 것이다. 직원이 상을 당하면 일괄적으로 나가는 경조사 지원품이라는 이유에서였다.

거듭되는 만행에 여론에서는 거센 비판이 쏟아졌고 곳곳에서 불매 운동까지 일어났다. 시시각각 보도되는 뉴스들을 보며, 나는 문득 김애란의 소설 「입동」의 한 장면을 떠올렸다. 그 소설에는 유치원 버스 사고로 아이를 잃은 부부가 등장한다. 그들이 아이의 죽음으로 붕괴된 일상을 견디고 있던 어느 날, 부부의 집으로 복분자액이 배달된다. 사고로 인해 평판이 나빠진 유치원이 이미지 쇄신을 위해 제작한 기념품이 무심하게도 사고 당사자의 집에도 배달된 것이다. 현실은 소설보다도 더 잔인했다. 그 어떤 실수나 착오도 없이 빈소에 배달되었을 빵을 생각하니 쉽사리 감정이 진정되지 않았다.

열악한 노동환경으로 인한 사건·사고는 하루아침의 일이 아니었다. 이번 사고가 벌어졌던 제빵 공장에서만 약 5년간 37명의 산업재해자가 발생했다. 고용노동부에서 발표한 산업재해 현황에 따르면 2020년 한 해에만 2,000명이 넘는 산업재해 사망자가 발생했고, 재해자는 약 10만 8,000여 명이었다. 재해로 인정되지 않은 사고와 질병을 포함하면 그 숫자는 기하급수적으로 증가한다.

그 수많은 사고와 질병과 과로와 우울들, 노동자들의 이야기를 접할 때마다 한 인간으로서 나의 존재가 쪼그라들었다. 내가 향유하는 모든 것들은 과연 괜찮은가. 매일 타는 지하철과 버스, 여유롭게 자리 잡고 앉아 글을 쓰곤 하는 프랜차이즈 카페, 굴지의 대기업에서 만든 휴대폰과 노트북, 이 모든 것에 의구심이 따라붙었다. 내가 누군가의 사고를 소비하며 살고 있다는 사실에 죄책감이 일었다. 버릇처럼 총알 배송 상품을 검색하고, 배달 음식의 도착 시간을 체크하고, 지하철의 객차 간격에 대해 투덜대다가도 자꾸만 마음이 고꾸라졌다. 슬퍼할 염치조차 없었다.

　방향을 찾지 못한 분노가 대책도 없이 자라날 때면 손쉽게 외면하고 싶었다. 가뿐하게 스위치를 끄고 이 세계의 아우성으로부터 단절되고 싶었다. 세상의 비극을 철저히 타자화하고, 거기에서 발 빼려 하는 나 자신이 징그럽게 느껴지기도 했지만, 내가 할 수 있는 게 없다는 사실이 나를 더 절망하게 만들었다. 아무리 분노하고 슬퍼해도 언제나 한계에 부딪힐 뿐이었다.

　여기저기서 뻗쳐오는 질문들로부터 벗어날 길은 없었다. 그러니 반복해 물어보게 되었다. 돈 벌러 갔던 사람들이 왜 죽어서 돌아오는가. 왜 어떤 죽음은 반복되는가. 왜 누군가가 큰돈을 만지는 동안 누군가는 죽을까. 거듭된 죽음에도 어떻게 저렇게 무심하고 태평할 수 있는가.

　나의 의식이 점차 또렷해졌다. 어쩌면 '안전한 일터'는 말은 불가능한 꿈일지도 모른다. 하지만 보이지 않는 길도 길이 될 수 있기에 우리는 서로를 다독이며 길을 걸을 수밖에 없을 것이다. 그러니 '고작'이라는 말을 지우고

'기꺼이'라는 말을 넣어보면 어떨까. 기꺼이 슬퍼하고 화내는 게 우리가 할 수 있는 일이라고 믿어야 한다. 늘 일어났던 일이 또 일어났을 때도 결코 무던해지지 않는 것, 더 나아가 그 누적됨에 더 큰 분노를 더하는 것이 우리의 일 아닐까. 누군가의 눈물이 무용할 때, 그 울분에 더 큰 울부짖음을 더하며 함께 서는 사람이 되고 싶다. 그것이 남은 사람으로서 내가 그들을 애도하는 방법이다.

*

이 글은 2022년 10월 24일에 쓰였다. 쓰는 동안 많이 망설였다. 내가 누군가의 고통과 죽음을 글감으로 소비하고 있는 게 아닐까. 이렇게 또 한 번, 그들을 통해 내 살을 채우려고 하는 게 아닐까. 하지만 그럼에도 불구하고 이 글을 마무리해 책에 싣는다. 마침표를 찍는 순간에는 어쩐지 타임캡슐을 파묻는 기분이 들었다. 그에 더해 짧은 메시지를 덧붙인다.

당신에게.

이 글이 읽히는 시간은 저마다 다를 겁니다. 오늘의 세상은 아직 어둡습니다. 미래에 속해있을 그시간에서는 모든 게 조금이라도 더 나아지길 바라고 있습니다. 부디, 안녕하세요.

당신을 읽느라
하루를 다 썼습니다

초판 1쇄   2022년 11월 21일

지은이   공백

발행인   유철상
편집장   홍은선
기획·편집   정유진
디자인   주인지, 노세희
마케팅   조종삼, 김소희
콘텐츠   강한나

펴낸곳   상상출판
출판등록   2009년 9월 22일(제305-2010-02호)
주소   서울특별시 성동구 뚝섬로17가길 48, 성수에이원센터 1205호(성수동2가)
전화   02-963-9891(편집), 070-7727-6853(마케팅)
팩스   02-963-9892
전자우편   sangsang9892@gmail.com
홈페이지   www.esangsang.co.kr
블로그   blog.naver.com/sangsang_pub
인쇄   다라니
종이   ㈜월드페이퍼

ISBN 979-11-6782-107-2 (03810)
ⓒ 2022 공백